老舍

老舍 著

蘇明明 導讀

中華教育

目錄

濟南的藥集

導讀

老舍先生曾於 1930—1934 年間擔任濟南齊魯大學文學院教授和國學研究所文學主任，對濟南有着深厚的感情。他在《弔濟南》一文中說：「時短情長，濟南就成了我的第二故鄉。」他發表過不少以濟南為題材的散文佳作，例如我們熟知的《濟南的冬天》。

《濟南的藥集》是老舍寫作於執教齊大期間、發表於《華年》雜誌的一系列「濟南通信」中的一篇，原載於該刊 1932 年 6 月 11 日第 1 卷第 9 期，現收入《老舍全集》第 15 卷。文章記述濟南一年一度的藥材集市，首先簡要說明時間和地點，然後把主要筆墨放在兩個方面：一是「藥真多」，二是「我很愛這個集」。寫集市上藥材之多，作者並沒有單調乏味地羅列藥名，而是從「我認識」或「我不認識」的視角來敘述，寫得靈活而富有情趣。講述愛這個藥集的理由，作者雖然煞有介事地列出了「第一」到「第五」，但是這五條理由的排列並沒有嚴格的邏輯關係，而且每一條都不是刻板地講道理，而是夾敘夾議，亦莊亦諧，寫得隨意而盡興。這樣就避免了「講理」部分與前面「敘事」部分在語言風格上的差異，使得全文敘議融合，渾然一體。結尾一段是妙筆，將飛揚的文思重新拉回現實中的藥集，完成了全文的首尾呼應。

今年的藥集是從四月廿五日起，一共開半個月——有人説今年只開三天，中國事向來是沒準兒的。地點在南券門街與三和街。這兩條街是在南關里，北口在正覺寺街，南頭頂着南圍子牆。

喝！藥真多！越因為我不認識它們越顯得多！

每逢我到大藥房去，我總以為各種瓶子中的黃水全是硫酸，白的全是蒸餾水，因為我的化學知識只限於此。但是藥房的小瓶小罐上都有標籤，並不難於檢認；假若我害頭疼，而藥房的人給我硫酸喝，我決不會答應他的。到了藥集，可是真沒有法兒了！一捆一捆，一袋一袋，一包一包，全是藥材，全沒有標籤！而且買主只問價錢，不問名稱，似乎他們都心有成「藥」；我在一旁參觀，只覺得腿痠，一點知識也得不到！

但是，我自有辦法。橘皮，乾向日葵，竹葉，荷梗，益母草，我都認得；那些不認識的粗草細草長草短草呢？好吧，長的都算柴胡，短的都算——甚麼也行吧，看那柴胡，有多少種呀；心中痛快多了！

關於動物的，我也認識幾樣：馬蜂窩，整個的乾龜，蟬蜕，僵蠶，還有椿蹦兒。這每一樣的藥名和拉丁名，我全不知道，只曉得這是椿樹上的飛蟲，鮮紅的翅兒，翅上有花點，很好玩，北平人管牠們叫椿蹦兒；牠們能治甚麼病呢？還看見了羚羊，原來是一串黑亮的小球；為甚麼羚羊應當是小黑球呢？也許有人知道。還有兩對狗爪似的東西，莫非是熊掌？犀角沒有看見，狗寶，牛黃也不知是甚麼樣子，設若牛黃應像老倭瓜，我確是看見了好幾個貌似乾倭瓜的東西。

最失望的是沒有看見人中黃，莫非藥舖的人自己能供給，所以集上無須發售吧？也許是用錦匣裝着，沒能看到？

礦物不多，石膏，大白，是我認識的；有些大塊的紅石頭便不曉得是甚麼了。

草藥在地上放着，熟藥多在桌上擺着。萬應錠，狗皮膏之類，看看倒還漂亮。

此外還有非藥性的東西，如草紙與東昌紙等；還有可作藥用也可作食品的東西，如山楂片，核桃，酸棗，蓮子，薏仁米等。大概那些不識藥性的遊人，都是為買這些東西來的。價錢確是便宜。

我很愛這個集：第一，我覺得這裏全是國貨；只有人參使我懷疑有洋參的可能，那些種柴胡和那些馬蜂窩看着十二分道地，決不會是舶來品。第二，賣藥的人們非常安靜，一點不吵不鬧；也非常的和藹，雖然要價有點虛謊，可是還價多少總不出惡聲。第三，我覺得到底中國藥（應簡稱為「國藥」）比西洋藥好，因為「國藥」吃下去不管治病與否，至少能幫助人們增長抵抗力。這怎麼講呢？看，桔皮上有多麼厚的黑泥，柴胡們帶着多少沙土與馬糞；這些附帶的黑泥與馬糞，吃下去一定會起一種作用，使胃中多一些以毒攻毒的東西。假如桔皮沒有甚麼力量，這附帶的東西還能補充一些。西洋藥沒有這些附帶品，自然也不會發生附帶的效力。哪位醫生敢說對下藥有十二分的把握麼？假如藥不對症，而藥品又沒有附帶物，豈不是大大的危險！「國藥」全有附帶物，誰敢說大多數的病不是被附帶物治好的呢？第四，到底是中國，處處事事帶着古風：咱們的祖先遍嘗百草，到如今

名家散文必讀系列・老舍

咱們依舊是這樣，大概再過一萬八千年咱們還是這樣。我雖然不主張復古，可是熱烈的想保存古風的自大有人在，我不能不替他們欣喜。第五，從今年夏天起，我一定見着馬蜂窩，大蠍子，爛樹葉，就收藏起來；人有旦夕禍福，誰知道甚麼時候生病呢！萬一真病了，有的是現成的馬蜂窩……

　　逛完了集，出了巷口，看見一大車牛馬皮，帶着毛還沒製成革，不知是否也是藥材。

一天

導讀

　　1932 年 9 月，林語堂等人在上海創辦「以提倡幽默為目標」的《論語》半月刊，老舍很快成為該刊的主要撰稿人之一。他的幽默文章《一天》原載於 1933 年 1 月 1 日《論語》第 8 期，現收入《老舍全集》第 15 卷。

　　本文就像作者的一篇日記，記錄了「我」從鬧鐘響起到第二天早晨被叫醒這「一天」中所經歷的種種事情。這樣的文章很容易寫成淡然寡味的流水帳，但是作者憑藉其「幽默寫家」的慧眼和技巧，把這些煩雜之事寫得生動有趣，興味盎然。老舍在《談幽默》一文中說：「一個幽默寫家對於世事，如入異國觀光，事事有趣」，「他是由事事中看出可笑之點，而技巧地寫出來」，「於是人人有可笑之處，他自己也非例外」，「於是笑裏帶着同情，而幽默乃通於深奧」。《一天》中不論是寫「我」，還是寫老田、寫二姐、寫老牛夫婦，都體現出作者「心懷寬大」、「一視同仁」的「幽默態度」。就文字技巧而言，且以「我」趕往火車站時碰哭了小孩被人圍困一段為例，作者用「嘴張得像個火山口」描述孩子哭相之「奇」，用「好像我戴着無線廣播的耳機似的」形容孩子的娘出言之刺耳，把息事寧人之難說成「要長期抵抗」，把支招救急的賣糖人尊為「聖人」，這等比喻、誇張、降用等修辭手法的熟練運用，就將我們生活中常見的人情世態表現得新穎而奇妙，給人留下深刻的印象。

鬧鐘應當，而且果然，在六點半響了。睜開半隻眼，日光還沒射到窗上；把對鬧鐘的信仰改為崇拜太陽，半隻眼閉上了。

八點才起牀。趕快梳洗，吃早飯，飯後好寫點文章。

早飯吃過，吸着第一枝香煙，整理筆墨。來了封快信，好友王君路過濟南，約在車站相見。放下筆墨，一手扣鈕，一手戴帽，跑出去，門口沒有一輛車；不要緊，緊跑幾步，巷口總有車的。心裏想着：和好友握手是何等的快樂；最好強迫他下車，在這兒住哪怕是一天呢，痛快地談一談。到了巷口，沒一個車影，好像車夫都怕拉我似的。

又跑了半里多路才遇上了一輛，急忙坐上去，津浦站！車走得很快，決定誤不了，又想像着好友的笑容與語聲，和他怎樣在月台上東張西望地盼我來。

怪不得巷口沒車，原來都在這兒擠着呢，一眼望不到邊，街上擠滿了車，誰也不動。西邊一家綢緞店失了火。心中馬上就決定好，改走小路，不要在此死等，誰在這兒等着誰是傻瓜，馬上告訴車夫繞道兒走，顯出果斷而聰明。

車進了小巷。這才想起在街上的好處；小巷裏的車不但是擠住，而且無論如何再也退不出。馬上就又想好主意，給了車夫一毛錢，似猿猴一樣地輕巧跳下去。擠過這一段，再抓上一輛車，還可以不誤事，就是晚也晚不過十來分鐘。

棉襖的底襟掛在小車子上，用力扯，袍子可以不要，見好友的機會不可錯過！袍子扯下一大塊，用力過猛，肘部正好碰着在娘懷中的小兒。娘不假思索，衝口而成，凡是我不愛聽的都清清楚楚地送到耳中，好像我戴着無線廣播的耳

機似的。孩子哭得奇，嘴張得像個火山口；沒有一滴眼淚，說好話是無用的；凡是在外國可以用「對不起」了之的事，在中國是要長期抵抗的。四圍的人 —— 五個巡警，一群老頭兒，兩個女學生，一個賣糖的，二十多小伙子，一隻黃狗 —— 把我圍得水泄不通；沒有說話的，專門能看哭罵，笑嘻嘻地看着我挨雷。幸虧賣糖的是聖人，向我遞了個眼神，我也心急手快，抓了一大把糖塞在小孩的懷中；火山口立刻封閉，四圍的人皆大失望。給了糖錢，我見縫就鑽，殺出重圍。

到了車站，遇見中國旅行社的招待員。老那麼和氣而且眼睛那麼尖，其實我並不常到車站，可是他能記得我，「先生取行李嗎？」

「接人！」這是多餘說，已經十點了，老王還沒有叫火車晚開一個鐘頭的勢力。

越想頭皮越疼，幾乎想要自殺。

出了車站，好像把自殺的念頭遺落在月台上了。也好吧，趕快歸去寫文章。

到了家，小貓上了房；初次上房，怎麼也下不來了。老田是六十多了，上台階都發暈，自然婉謝不敏，不敢上牆。就看我的本事了，當仁不讓，上牆！敢情事情都並不簡單，你看，上到半腰，腿不曉得怎的會打起轉來。不是顫而是公然的哆嗦。老田的微笑好像是惡意的，但是我還不能不仗着他扶我一把兒。

往常我一叫「球」，小貓就過來用小鼻子聞我，一邊聞一邊咕嚕。上了房的「球」和地上的大不相同了，我越叫

「球」，「球」越往後退。我知道，我要是一直地向前趕，「球」會退到房脊那面去，而我將要變成「球」。我的好話說多了，語氣還是學着婦女的：「來，啊，小球，快來，好寶貝，快吃肝來……」無效！我急了，開始恫嚇，沒用。

磨煩了一點來鐘，二姐來了，只叫了一聲「球」，「球」並沒理我，可是拿我的頭作橋，一跳跳到了牆頭，然後拿我的脊背當梯子，一直跳到二姐的懷中。

兄弟姐妹之間，二姐是我最好的朋友。她第一個好處便是不阻礙我的工作。每逢看見我寫字，她連一聲都不出；我只要一客氣，陪她談幾句，她立刻就搭訕着走出去。

「二姐，和球玩會兒，我去寫點字。」我極親熱地説。

「你先給我寫幾個字吧，你不忙啊？」二姐極親熱地説。

當然我是不忙，二姐向來不討人嫌，偶爾求我寫幾個字，還能駁回？

二姐是求我寫封信。這更容易了。剛由牆上爬下來，正好先試試筆，穩穩腕子。

二姐的信是給她婆母的外甥女的乾姥姥的姑舅兄弟的姪女婿的。二姐與我先決定了半點多鐘怎樣稱呼他。在討論的進程中，二姐把她婆母的、婆母的外甥女的、乾姥姥的、姑舅兄弟的性格與相互的關係略微説明了一下，剛説到乾姥姥怎麼在光緒二十八年掉了一個牙，老田説吃午飯得了。

吃過午飯，二姐説先去睡個小盹，醒後再告訴我怎樣寫那封信。

我是心中擱不下事的，打算把乾姥姥放在一旁而去寫文章，一定會把莎士比亞寫成外甥女婿。好在二姐只是去打一

個小盹。

二姐的小盹打到三點半才醒，她很親熱地道歉，昨夜多打了四圈小牌。不管怎着吧，先寫信。二姐想起來了，她要是到東關李家去，一定會見着那位姪女婿的哥哥，就不要寫信了。

二姐走了。我開始從新整理筆墨，並且告訴老田泡一壺好茶，以便把乾姥姥們從心中給刺激走。

老田把茶拿來，説，外邊調查戶口，問我幾月的生日。「正月初一！」我告訴老田。

凡是老田認為不可信的事，他必要和別人討論一番。他告訴巡警：他對我的生日頗有點懷疑，他記得是三月；不論如何也不能是正月初一。巡警起了疑，登時覺得有破獲共產黨機關的可能，非當面盤問我不可。我自然沒被他們盤問短，我説正月與三月不過是陰陽曆的差別，並且告訴他們我是屬狗的。巡警一聽到戌狗亥豬，當然把共產黨忘了；又耽誤了我一刻多鐘。

整四點。忘了，圖畫展覽會今天是末一天！但是，為寫文章，犧牲了圖畫吧。又拿起筆來。只要許我拿起筆來，就萬事亨通，我不怕在多麼忙亂之後，也能安心寫作。

門鈴響了，信，好幾封。放着信不看，信會鬧鬼。第一封：創辦老人院的捐啟。第二封：三舅問我買洋水仙不買？第三封：地址對，姓名不對，是否應當打開？想了半天，看了信皮半天，筆跡，郵印，全細看過，加以福爾摩斯的判斷法；沒結果，放在一旁。第四封：新書目錄，從頭至尾看了一遍，沒有我要看的書。第五封：友人求找事，急待答覆。

趕緊寫回信，信和病一樣，越耽誤越難辦。信寫好，郵票不夠了，只欠一分。叫老田，老田剛剛出去。自己跑一遭吧，反正郵局不遠。

發了信，天黑了。飯前不應當寫字，看看報吧。

晚飯後，吃了兩個梨，為是有助於消化，好早些動手寫文章。剛吃完梨，老牛同着新近結婚的夫人來了。

老牛的好處是天生來的沒心沒肺。他能不管你多麼忙，也不管你的臉長到甚麼尺寸，他要是談起來，便把時間觀念完全忘掉。不過，今天是和新婦同來，我想他決不會坐那麼大的工夫。

牛夫人的好處，恰巧和老牛一樣，是天生來的沒心沒肺。我在八點半的時候就看明白了：大概這二位是在我這裏度蜜月。我的方法都使盡了：看我的稿紙，打個假造的哈欠，造謠言説要去看朋友，叫老田上鐘弦，問他們甚麼時候安寢，順手看看手錶……老牛和牛夫人決定賽開了誰是更沒心沒肺。十點了，兩位連半點要走的意思都沒有。

「咱們到街上走走，好不好？我有點頭疼。」我這麼提議，心裏計劃着：陪他們走幾步，回來還可以寫個兩千多字，夜靜人稀更寫得快：我是向來不悲觀的。

隨着他們走了一程，回來進門就打噴嚏，老田一定説我是着了涼，馬上就去倒開水，叫我上牀，好吃阿司匹靈。老田的命令是不能違抗的，我要是一定不去睡，他登時就會去請醫生。也好吧，躺在牀上想好了主意明天天一亮就起來寫。「老田，把鬧鐘上到五點！」

老田又笑了，不好和老人鬧氣，不然的話，真想打他兩

個嘴巴。

身上果然有點發僵，算了吧，甚麼也不要想了，快睡！兩眼閉死，可是不眠，數一二三四，越數越有精神。大概有十一點了，老田已經停止了咳嗽。他睡了，我該起來了，反正是睡不着，何苦瞎耗光陰。被窩怪暖和的，忍一會兒再說，只忍五分鐘，起來就寫。肚裏有點發熱，阿司匹靈的功效，還倒舒服。似乎老牛又回來了，二姐，小球⋯⋯

「起吧，八點了！」老田在窗外叫。

「沒上鬧鐘嗎？沒告訴你上在五點上嗎？」我在被窩裏發怒。

「誰說沒上呢，把我鬧醒了；您大概是受了點寒，發燒，耳朵不大靈，嘛！」

生命似乎是不屬於自己的，我歎了口氣。稿子應該就發出了，還一個字沒有呢！

「老田，報館沒來人催稿子嗎？」

「來了，說請您不必忙了，報館昨晚被巡警封了門。」

抬頭見喜

導讀

　　「抬頭見喜」是傳統春聯中常用的吉祥話語，表達人們美好的祝願或祈福。在老舍先生的這篇散文中，「抬頭見喜」卻是反語，反襯出作者生活窘迫、無「喜」可「見」的「愁腸」與「苦境」。本文原載於 1934 年 1 月《良友》畫報第 4 卷第 8 期，現收入《老舍全集》第 15 卷。

　　全文的關鍵字眼，其實是一個「愁」字，正與「喜」字相反。作者主要記述了自己在經濟困難的情況下是怎麼過中秋與新年這兩個「大節」的。關於中秋節，寫的是三次醉酒。可醉酒的原因並不是中秋節的「可喜」，而是因為「酒入愁腸」。關於過新年，寫了從小到大的記憶，突出的是節日氣氛的「沒勁」和自己態度的「冷淡」。筆觸最細的是中學時期的那個除夕，通過點點滴滴的人與事，既表現出作者當時「最憂鬱」、「最淒涼」的心境，也展現了人情、親情的溫暖與感人。然而，作者並沒有沉溺於傷感悲情之中，他用「抬頭見喜」、「『非楊貴妃式』的醉酒」、「王羲之是在我的家裏」等幽默語言，展示了一位成熟作家自嘲的勇氣、豁達的心胸和「含淚的微笑」式的幽默感。

對於時節，我向來不特別的注意。拿清明說吧，上墳燒紙不必非我去不可，又搭着不常住在家鄉，所以每逢看見柳枝發青便曉得快到了清明，或者是已經過去。對重陽也是這樣，生平沒在九月九登過高，於是重陽和清明一樣的沒有多大作用。

端陽，中秋，新年，三個大節可不能這麼馬虎過去。即使我故意躲着它們，帳條是不會忘記了我的。也奇怪，一個無名之輩，到了三節會有許多人惦記着，不但來信、送帳條，而且要找上門來！

設若故意躲着借款，着急，設計自殺等等，而專講三節的熱鬧有趣那一面兒，我似乎是最喜愛中秋。「似乎」，因為我實在不敢說準了。幼年時，中秋是個很可喜的節，要不然我怎麼還記得清清楚楚那些「兔兒爺」的樣子呢？有「兔兒爺」玩，這個節必是過得十二分有勁。可是從另一方面說，至少有三次喝醉是在中秋；酒入愁腸呀！所以說「似乎」最喜愛中秋。

事真湊巧，這三次「非楊貴妃式」的醉酒我還都記得很清楚。那麼，就說上一說呀。第一次是在北平，我正住在翊教寺一家公寓裏。好友盧嵩庵從柳泉居運來一罈子「竹葉青」，又約來兩位朋友——內中有一位是不會喝的——大家就抄起茶碗來。罈子雖大，架不住茶碗一個勁進攻；月亮還沒上來，罈子已空。幹甚麼去呢？打牌玩吧。各拿出銅元百枚，約合大洋七角多，因這是古時候的事了。第一把牌將立起來，不曉得——至今還不曉得——我怎麼上了牀。牌必是沒打成，因為我一睜眼已經紅日東升了。

　　第二次是在天津，和朱蔭棠在同福樓吃飯，各飲綠茵陳二兩。吃完飯，到一家茶肆去品茗。我朝窗坐着，看見了一輪明月，我就吐了。這回決不是酒的作用，毛病是在月亮。

　　第三次是在倫敦。那裏的秋月是甚麼樣子，我說不上來 ── 也許根本沒有月亮其物。中國工人俱樂部裏有多人湊熱鬧，我和沈剛伯也去喝酒。我們倆喝了兩瓶葡萄酒。酒是用葡萄還是葡萄葉兒釀的，不可得而知，反正價錢很便宜；我們倆自古至今總沒作過財主。喝完，各自回寓所。一上公眾汽車，我的腳忽然長了眼睛，專找別人的腳尖去踩。這回可不是月亮的毛病。

　　對於中秋，大致如此 ── 無論如何也不能說它壞。就此打住。

　　至若端陽，似乎可有可無。粽子，不愛吃。城隍爺現在也不出巡；即使再出巡，大概也沒有跟隨着走幾里路的興趣。櫻桃真是好東西，可惜被黑白桑椹給帶累壞了。

　　新年最熱鬧，也最沒勁，我對它老是冷淡的。自從一記事兒起，家中就似乎很窮。爆竹總是聽別人放，我們自己是靜寂無譁。記得最真的是家中一張《王羲之換鵝》圖。每逢除夕，母親必把它從個神祕的地方找出來，掛在堂屋裏。姑母就給說那個故事；到如今還不十分明白這故事到底有甚麼意思，只覺得「王羲之」三個字倒很響亮好聽。後來入學，讀了《蘭亭序》，我告訴先生，王羲之是在我的家裏。

　　長大了些，記得有一年的除夕，大概是光緒三十年前的一二年，母親在院中接神，雪已下了一尺多厚。高香燒起，雪片由漆黑的空中落下，落到火光的圈裏，非常的白，緊

接着飛到火苗的附近，舞出些金光，即行消滅；先下來的滅了，上面又緊跟着下來許多，像一把「太平花」倒放。我還記着這個。我也的確感覺到，那年的神仙一定是真由天上回到世間。

中學的時期是最憂鬱的，四五個新年中只記得一個，最凄涼的一個。那是頭一次改用陽曆，舊曆的除夕必須回學校去，不准請假。姑母剛死兩個多月，她和我們同住了三十年的樣子。她有時候很厲害，但大體上說，她很愛我。哥哥當差，不能回來。家中只剩母親一人。我在四點多鐘回到家中，母親並沒有把「王羲之」找出來。吃過晚飯，我不能不告訴母親了——我還得回校。她愣了半天，沒說甚麼。我慢慢地走出去，她跟着走到街門。摸着袋中的幾個銅子，我不知道走了多少時候，才走到學校。路上必是很熱鬧，可是我並沒看見，我似乎失了感覺。到了學校，學監先生正在學監室門口站着。他先問我：「回來了？」我行了個禮。他點了點頭，笑着叫了我一聲：「你還回去吧。」這一笑，永遠印在我心中。假如我將來死後能入天堂，我必把這一笑帶給上帝去看。

我好像沒走就又到了家，母親正對着一枝紅燭坐着呢。她的淚不輕易落，她又慈善又剛強。見我回來了，她臉上有了笑容，拿出一個細草紙包兒來：「給你買的雜拌兒，剛才一忙，也忘了給你。」母子好像有千言萬語，只是沒精神說。早早地就睡了。母親也沒精神。

中學畢業以後，新年，除了為還債着急，似乎已和我不發生關係。我在哪裏，除夕便由我照管着哪裏。別人都回

家去過年，我老是早早關上門，在牀上聽着爆竹響。平日我也好吃個嘴兒，到了新年反倒想不起弄點甚麼吃，連酒也不喝。在爆竹稍靜了些的時節，我老看見些過去的苦境。可是我既不落淚，也不狂歌，我只靜靜地躺着。躺着躺着，多咱①燭光在壁上幻出一個「抬頭見喜」，那就快睡去了。

---

① 多咱，方言，即甚麼時候。

大發議論

導讀

　　這是老舍在 1934 年 2 月 16 日《論語》第 35 期上發表的一篇幽默文章，現收入《老舍全集》第 15 卷。題為「大發議論」，議論的是中國人的「民族之光」──「過年的藝術」。

　　文章先以飲食為例，展示中國人如何「做得藝術，吃得藝術」，然後「書歸正傳」，議論元旦（「國曆新年」、「新新年」）和春節（「家曆新年」、「舊新年」）這「兩個新年」的過法。通過反駁一位「愛國志士」的議論，作者表明了自己對於「兩個新年」的意見：「二者的歷史不同，性質不同，時間不同，種類不同，所以過法也得不同。……順着天時地利與人和，各有各的辦法，各有各的味道，才能算作生活的藝術。」當然，在「大發議論」的過程中，許多論證都是幽默文字、遊戲筆墨，不可信以為真，例如「我說：過年是種藝術，談不到科學」後面那一段話，拿腔作調，牽強附會，笑料而已，難怪「鄰家二大媽」也聽得出「這一套是暗含譏諷」。

　　特別值得注意的是作者對於「兩個新年」關係的議論：「二者之間隔着那麼幾十天，恰好藕斷絲連，顧此而不失彼，是詩意的跌宕，是藝術的沉醉，是電影的廣告！」「一個是浪漫的，摩登

的，香檳與裸體美人的；一個是寫實的，遺傳的，家長里短的。你身過二年，胃收百味，是溝通東西文化的活水，是香檳與陳紹的產兒，是一切的一切！」這一連串的妙喻，充分顯示了作者嫻熟的、高超的「藝術上的對照法」。此外，文中説的「害怕扭一耳」，即英語中的新年祝福語：「Happy New Year!」

過年是一種藝術。咱們的先人就懂得貼春聯，點紅燈，換灶王像，饅頭上印紅梅花點，都是為使一切藝術化。爆竹雖然是噪音，但「燈兒帶炮」便給聲音加上彩色，有如感覺派詩人所用的字眼兒。蓋自有史以來，中國人本是最藝術的，其過年比任何民族都更複雜，熱鬧，美好，自是民族之光，亦理所當然。

以烹調而言，上自龍肝鳳肺，下至薑蒜大葱，無所不吃，且都有奇妙的味道。拿板凳腿作冰激凌，只要是中國人做的，給歐西的化學家吃，他也得莫名其妙，而連聲誇好；即使稍有缺點，亦不過使肚子微痛一陣而已。吃了老鼠而再吃貓，既不辨其為鼠為貓，且不在肚中表演貓捕鼠的遊戲，是之謂巧奪天工。烹調的方法即巧奪天工。新年便沒法兒不火熾，沒法兒不是藝術的。一碗清湯，兩片牛肉，而後來個硬涼蘋果，如西洋紅毛鬼子的辦法，只足引起傷心，哪裏還有心腸去快活。反之，酒有茵陳玫瑰和佛手露，佐以蜜餞果兒——紅的是山楂糕，綠的是青梅，黃的是桔餅，紫的是金絲蜜棗，有如長虹吹落，碎在桌上，斑斑塊塊如燦豔羣星，而到了口中都甜津津的，不亦樂乎！加以八碟八碗，或更倍之，各發異香，連冒出的氣兒都婉轉緩膩，不像饅頭揭鍋，熱氣立散；於是吃一看二，嚥一塊不能不點點頭，喝一口不能不咂咂嘴；或湯與塊齊嚼，則順流而下，不知所之，豈不快哉！腦與口與肚一體舒暢，宜乎行令猜拳，吃個七八小時也。這是藝術。做得藝術，吃得藝術，於是一肚子藝術，而後題詩壁上，剪燭梅前，入了象牙之塔，出了象牙之狗，美哉新年也！

這不過略提了提「吃」，已足使弱小民族垂涎三尺，而萬國來朝。至若吃飽喝足，面色微紫，或看牌，或擲骰，或頂牛，勾心鬥角，各運心思，贏了微笑，輸急才罵「媽的」；至若穿新衣，逛花燈，看親戚，接姑奶奶與小外甥……只好從略，只好從略，以免六國聯軍又打天津。因羨生妒，至蠻不講理，往往有之。

到了現在，過年的藝術不但在質上，就是在量上，也正在邁進。以次數說，新年起碼有兩個，增多了一倍。活個七老八十，而能過一百好幾十次新年，正是：

五風十雨皆為瑞，
一歲雙年總是春。

人生七十古來稀，到而今，活五十歲而過一百次年，活不到七十也沒多大關係了。這順手兒就解決了人口過剩問題，因為活到四五十歲，已經過了一百來回年，在價值上總算過得去了；那麼，五十多而仍不死，就滿可以立下遺囑，而後把自己活埋了。不過，這是附帶的話；如不願活埋呢，也無須一定這麼辦，活着也好。書歸正傳：

兩個新年，先過國曆新年，然後再過「家曆」新年[1]。二者之間隔着那麼幾十天，恰好藕斷絲連，顧此而不失彼，是詩意的跌宕，是藝術的沉醉，是電影的廣告！前前後後三個

---

[1] 國曆新年指的是公曆的元旦，「家曆」新年指的是農曆的春節。

來月，甚至於可以把冬至的餛飩接上端陽的粽子，而後緊跟着去到青島避暑。天哪，感謝你使我們生活在中國！

可是，人心不同，也有不這樣看的。記得去年在我們鎮上，舖戶都在「家曆」新年關上了門。小徒弟們在舖內敲鑼打鼓，掌櫃們把臉喝得怪紅。鄰家二大媽一向失於修飾，也戴上了朵小紅絹石榴花。私塾中的學童們把《三字經》等放在神龕後面，暫由財神奶奶妥為照管。洋學堂的秀才們也回來湊熱鬧，過了燈節還捨不得走。這本是為藝術而藝術，並沒有甚麼說不過去的地方。哪知道，鎮上有位愛國志士發了議論：愛國的人應當遵守國曆；再說，國曆是最科學的。

我也說了話。我既也是鎮上的聖人之一，自然不能增他人的銳氣而減自己的威風。你看，大家聽了志士的議論，雖然過年如故，可是心中有點不自在。我們鎮上的人向來不提倡仇貨；也不贊成婦女放腳，因為纏腳是更含有國貨的意味。他們不甘於作不愛國的人，但是，他們沒話反攻，而愛國志士就鼻孔朝天的得意起來。我不能不開口了！我說：過年是種藝術，談不到科學；誰能在除夕吃地質學，喝王水，外加安米尼亞？再說，國曆是科學的，連洋鬼子都知道，難道堂堂的天朝選民就不曉得？二月是二十八天，正合二十八宿，中西正是一理，不過，科學是日新月異的，將來一高興，也許二月剩八天，巧合八卦圖，而十二月來上五六十來天！再說，家曆月月十五有圓月，而國曆月月十五有圓太陽，陽勝於陰，理當乾綱大振，大家不怕老婆。可惜，圓月之外還有新月半月等等，而太陽沒有出過太陽牙。

連鄰家二大媽也聽出我這一套是暗含譏諷，馬上給我送

過來一大盤年糕；雖然我看出糕的一角似被老鼠啃去，也還
很感激她。她的話比年糕的價值還大。她說：八月十五雲遮
月，正月十五雪打燈。假如十五沒月亮，這兩句古語從何應
驗？還有，臘月三十要是出了圓月，咱們是過年好呢，還是
拜月好呢？二大媽的話實在有理。於是設法傳到愛國志士耳
中，省得叫他目空一切。二大媽至少比他多吃過二三十年的
年糕，這不是瞎說的。

　　他似乎也看出八月十五雲遮月的重要，可是仍然不服
氣。他帶着諷刺的味兒說：為甚麼不可以把吃喝玩樂都放在
國曆新年；莫非是天氣不夠冷的？

　　我先回答了他這末一句。對於此點我更有話說。過去的
經驗不定在甚麼時候就會大有用處；你看，我恰巧在南洋過
過一次年。在那裏，元旦依然是風扇與冰激凌的天氣。大家
赤着腳，穿着單衫，可是拼命地放爆竹，吃年糕，貼對子，
買牡丹，祭財神。天氣和六月裏一樣，而過年還是過年。這
不是冷不冷的問題。冷也得過年，熱也得過年，過年是種藝
術，與寒暑表的升降無關。

　　至於為甚麼不把吃喝玩樂都放在國曆新年，他是只知
其一，不知其二。為表示愛國，為表示科學化，我們都應當
遵守國曆；國曆國科國學國民等等本來自成一系統。嚴格地
說，一個國民而不歡歡喜喜地過了兒國曆新年，理當斬首，
號令國門。可是有一層，人當愛國，也當愛家。齊家而後能
治國；試看古今多少英雄豪傑，哪個不是先把錢摟到家中，
使家族風光起來，而後再談國事？因此，國曆與家曆應當兩
存；到愛國的時候就愛國，到愛家的時候便愛家，這才稱得

起是聖之時者。你真要在家曆新年之際，三過其門而不入，留神尊夫人罰你跪下頂燈三小時；大冷的天，不是玩的！這不是要哪個與不要哪個的問題，也不是哪個好與哪個壞的問題，而是應當下一番工夫去研究怎樣過新新年，與怎樣過舊新年。二者的歷史不同，性質不同，時間不同，種類不同，所以過法也得不同。把舊藝術都搬到新節令上來，不但是顯着驢脣不對馬嘴，而且是自己剝奪了生命的享受。反之，順着天時地利與人和，各有各的辦法，各有各的味道，才能算作生活的藝術。

以國曆新年說吧。過這個年得帶洋味，因為它是洋欽天監給規定的。在這個新年，見面不應說「多多發財」，而須說「害怕扭一耳」[2]。非這麼辦不可，你必須帶出洋味，以便別於家曆新年。該新則新，該舊則舊，這一向是我們的長處。你自己穿洋服去跳舞，而叫小腳夫人在家中啃窩窩頭，理當如此。過年也是這樣。那麼，過國曆新年，應在大街上高搭彩牌，以示普天同慶。大家到大飯店去喝香檳。然後，去跳舞一番，或湊幾個同志打打微高爾夫。約女朋友看看電影，或去聽聽西洋音樂，吃些塊奶油巧古力，也不失體統。若能湊幾個人演一齣三幕戲，偏請女客為自己來鼓掌，那更有意思。不必去給父親拜年，你父親自然會看到你在報紙上登的賀年小廣告。可是見着父親的時候別忘了說「害怕扭一耳」。你應當作一身新洋服。總之，你要在這個時節充分地

---

② 「害怕扭一耳」，英語 Happy New Year 的音譯。

名家散文必讀系列·老舍

26

表現出來，你是愛國，你懂得新事，你會跳舞，你會溜冰。這個年要過得似乎是洋鬼子，又不十分像；不像吧，又像。這也是一種藝術。若以酒類作喻，這是啤酒。雖然是酒，可又像汽水。拿準這個尺寸，這個新年正大有滋味，你要是不過它一下，你便永遠摸不清個人與世界的關係。説到這兒，你頂好給美國總統寫個賀年片，貼足郵票寄去。他要是不回拜的話，那是他的錯兒，你居心無愧。

這麼過了一個年，然後再等過那一個，藝術上的對照法。一個是浪漫的，摩登的，香檳與裸體美人的；一個是寫實的，遺傳的，家長里短的。你身過二年，胃收百味，是溝通東西文化的活水，是香檳與陳紹的產兒，是一切的一切！

應當再説怎過舊新年。不過，你早就知道。只須告訴你一句：無論是在哪個新年，總不應該還債。還有一句 —— 只是一句了 —— 在舊新年元旦出門，必先看好喜神是在哪一方；國曆新年則不受此限制，你拿着頂出來也好。

愛國志士聽了這一番高論，茅塞一頓一頓地都開了，託二大媽來約我去打幾圈小麻雀，遂單刀赴會焉。

觀畫記

導讀

　　本文是老舍先生 1933 年底在濟南參觀畫家王紹洛的個人畫展後寫下的感想和評論。原載於 1934 年 2 月《青年界》第 5 卷第 2 號，現收入《老舍全集》第 15 卷。

　　要寫「觀畫記」，開篇卻說：「看我們看不懂的事物，是很有趣的；看完而大發議論，更有趣。幽默就在這裏。」意思是說，自己寫的這篇文章，「譬如文盲看街上的告示」，不懂裝懂，大言不慚。這當然是作者幽默的自謙之辭了。下文接着發揮這層意思，描述自己如何在畫展上「心裏自知是外行，可偏要裝出很懂行的樣子」。從簽名到要目錄，再到看畫過程中的一系列舉止言談，文章細緻入微地描寫了「我」的現場「表演」以及伴隨的心理活動，把一個裝腔作勢的假內行形象刻畫得惟妙惟肖，入木三分，躍然紙上，讀來令人莞爾，令人難忘。這段精彩的自我「現醜」，體現了老舍先生在《談幽默》一文中所說的「幽默態度」——既能笑別人，也「能笑自己」的「一視同仁的好笑的心態」。

　　作者在評畫時堅持己見的態度也很值得我們學習：「我自己去看，而後說自己的話」，「說我臭，我也不怕，議論總是要發的」。所以他直言不諱地說：「木刻，對於我，好像黑煤球上放着幾個白元宵，不愛！」「對於素描，也不愛看，不過癮；七道子八道子的！」這些話的確偏頗，卻是作者真實的想法，而且說得十分形象，十分到位。

　　看我們看不懂的事物，是很有趣的；看完而大發議論，更有趣。幽默就在這裏。怎麼説呢？去看我們不懂得的東西，心裏自知是外行，可偏要裝出很懂行的樣子。譬如文盲看街上的告示，也歪頭，也動嘴脣，也背着手；及至有人問他，告示上説的甚麼，他答以正在數字數。這足以使他自己和別人都感到笑的神祕，而皆大開心。看完再對人講論一番便更有意思了。譬如文盲看罷告示，回家對老婆大談政治，甚至因意見不同，而與老婆幹起架來，則更熱鬧而緊張。

　　新年前，我去看王紹洛先生個人展覽的西畫。濟南這個地方，藝術的空氣不像北平那麼濃厚。可是近來實在有起色，書畫展覽會一個接着一個地開起來。王先生這次個展是在十二月二十三日到二十五日。只要有圖畫看，我總得去看看。因為我對於圖畫是半點不懂，所以我必須去看，表示我的腿並不外行，能走到會場裏去。一到會場，我很會表演。先在簽到簿上寫上姓名，寫得個兒不小，以便引起注意而或者能騙碗茶喝。要作品目錄，先數作品的號碼，再看標價若干，而且算清價格的總積：假如作品都售出去，能發多大的財。我管這個叫作「藝術的經濟」。然後我去看畫。設若是中國畫，我便靠近些看，細看筆道如何，題款如何，圖章如何，裱的綾子厚薄如何。每看一項，或點點頭，或搖搖首，好像要給畫兒催眠似的。設若是西洋畫，我便站得遠些看，頭部的運動很靈活，有時為看一處的光線，能把耳朵放在肩膀上，如小雞蹭癢癢然。這看了一遍，已覺有點累得慌，就找個椅子坐下，眼睛還盯着一張畫死看，不管畫的好壞，而是因為它恰巧對着那把椅子。這樣死盯，不久就招來許多

人，都要看出這張圖中的一點奧祕。如看不出，便轉回頭來看我，似欲領教者。我微笑不語，暫且不便泄露天機。如遇上熟人過來問，我才低聲地說：「印象派，可還不到後期，至多也不過中期。」或是：「仿宋，還好；就是筆道笨些！」我低聲地說，因為怕叫畫家自己聽見；他聽不見呢，我得虎就虎，心中怪舒服的。

其實，甚麼叫印象派，我和印度的大象一樣不懂。我自己的繪畫本事限於畫「你是王八」的王八，與平面的小人。說甚麼我也畫不上來個偏臉的人，或有四條腿的椅子。可是我不因此而小看自己；鑒別圖畫的好壞，不能專靠「像不像」；圖畫是藝術的一支，不是照相。呼之為牛則牛，呼之為馬則馬；不管畫的是甚麼，你總得「呼」它一下。這恐怕不單是我這樣，有許多畫家也是如此。我曾看見一位畫家在紙上塗了幾個黑蛋，而標題曰「羣雛」。他大概是我的同路人。他既然能這麼幹，怎麼我就不可以自視為天才呢？那麼，去看圖畫；看完還要說說，是當然的。說得對與不對，我既不負責任，你幹嗎多管閒事？這不是很邏輯的說法嗎？

我不認識王紹洛先生。可是很希望認識他。他畫得真好。我說好，就是好，不管別人怎麼說。我愛甚麼，甚麼就好，沒有客觀的標準。「客觀」，頂不通。你不自己去看，而派一位代表去，叫作客觀；你不自己去上電影院，而託你哥哥去看賈波林[1]，叫作客觀；都是傻事，我不這麼幹。我

---

① 賈波林，即卓別林，美國電影巨星。

自己去看，而後説自己的話；等打架的時候，才找我哥哥來揍你。

王先生展覽的作品：油畫七十，素描二十四，木刻七。在量上説，真算不少。對於木刻，我不説甚麼。不管它們怎樣好，反正我不喜愛它們。大概我是有點野蠻勁，愛花紅柳綠，不愛黑地白空的東西。我愛西洋中古書籍上那種繪圖，因為顏色鮮豔。一看黑漆的一片，我就覺得不好受。木刻，對於我，好像黑煤球上放着幾個白元宵，不愛！有人給我講過相對論，我沒好意思不聽，可是始終不往心裏去；不論它怎樣相對，反正我覺得它不對。對木刻也是如此，你就是説得天花亂墜，還是黑煤球上放白元宵。對於素描，也不愛看，不過癮；七道子八道子的！

我愛那些畫。特別是那些風景畫。對於風景畫，我愛水彩的和油的，不愛中國的山水。中國的山水，一看便看出是畫家在那兒作八股，弄了些個起承轉合，結果還是那一套。水彩與油畫的風景真使我接近了自然，不但是景在那裏，光也在那裏，色也在那裏，它們使我永遠喜悦，不像中國山水畫那樣使我離開自然，而細看筆道與圖章。這回對了我的勁，王先生的是油畫。他的顏色用得真漂亮，最使我快活的是綠瓦上的那一層嫩綠 —— 有光的那一塊兒。他有不少張風景畫，我因為看出了神，不大記得哪張是哪張了。我也不記得哪張太刺眼，這就是説都不壞，除了那張《匯泉浴場》似乎有點俗氣。那張《斷牆殘壁》很好，不過着色太火氣了些；我提出這個，為是證明他喜歡用鮮明的色彩。他是宜於畫春夏景物的，據我看。他能畫得乾淨而活潑；我就怕看抹

布顏色的畫兒。

關於人物，《難民》與《懺悔》是最惹人注意的。我不大愛那三口兒難民，覺得還少點憔悴的樣子。我倒愛難民背後的設景：樹，遠遠的是城，城上有雲；城和難民是安定與漂流的對照，雲樹引起渺茫與窮無所歸之感。《官邸與民房》也是用這個結構 —— 至少是在立意上。最愛《懺悔》。裸體的男人，用手捧着頭，頭低着。全身沒有一點用力的地方，而又沒一點不在緊縮着，是懺悔。此外還有好幾幅裸體人形，都不如這張可喜。永不喜看光身的大腫女人，不管在技術上有甚麼講究，我是不愛看「河漂子」的。

花了兩點鐘的工夫，還能不說幾句麼？於是大發議論，大概是很臭。不管臭不臭吧，的確是很佩服王先生。這決不是捧場；他並沒見着我，也沒送給我一張畫。我說他好歹，與他無關，或只足以露出我的臭味。說我臭，我也不怕，議論總是要發的。偉人們不是都喜歡大發議論麼？

考而不死是為神

導讀

「考而不死是為神」，這題目的意思是：如果你歷經種種考試而沒有「被考死」的話，那麼你一定是神仙。言外之意是：考試對人危害太大，人是受不了的。這就是全文的中心思想。作者開篇即說「考試制度是一切制度裏最好的」，最後一段也說「考試制度還是最好的制度」，這都是反語，是譏諷，真正表達的卻是對現代考試制度的批判：「它能把人支使得不像人了，而把腦子嚴格地分成若干小塊塊。一塊裝歷史，一塊裝化學，一塊……」全文的主體部分，則以具體、生動、形象化的筆墨揭示分科考試對人的種種折磨，以誇張的、幽默的手法引發讀者對考試制度的反思。

這篇短小而給力的散文佳作原載於 1934 年 7 月 1 日《論語》第 44 期，現收入《老舍全集》第 15 卷。現任北京大學中文系主任的陳平原教授曾在《漫捲詩書喜欲狂》一文中引用老舍此文，並借題發揮道：「善讀書者與善考試者很難畫等號。……如果說中小學教育借助考試為動力與指揮棒還略有點道理的話，那麼大學教育則應根本拒絕這種讀書的指揮棒。」

考試制度是一切制度裏最好的，它能把人支使得不像人了，而把腦子嚴格地分成若干小塊塊。一塊裝歷史，一塊裝化學，一塊……

比如早半天考代數，下午考歷史，在午飯的前後你得把腦子放在兩個抽屜裏，中間連一點縫子也沒有才行。設若你把 X ＋ Y 和一八二八弄到一處，或者找唐朝的指數，你的分數恐怕是要在二十上下。你要曉得，狀元得來個一百分呀。得這麼着：上午，你的一切得是代數，彷彿連你是黃帝的子孫，和姓字名誰，全根本不曉得。你就像剛由方程式裏鑽出來，全身的血脈都是 X 和 Y。趕到剛一交卷，你立刻成了歷史，向來沒聽說過代數是甚麼。亞力山大，秦始皇等就是你的愛人，連他們的生日是某年某月某時都知道。代數與歷史千萬別聯宗，也別默想二者的有無關係，你是赴考呀，赴考的期間你別自居為人，你是個會吐代數，吐歷史的機器。

這樣考下去，你把各樣功課都吐個不大離，好了，你可以現原形了；睡上一天一夜，醒來一切茫然，代數歷史化學諸般武藝通通忘掉，你這才想起「妹妹我愛你」。這是種蛇脫皮的工作，舊皮脫盡才能自由；不然，你這條蛇不曾得到文憑，就是你愛妹妹，妹妹也不愛你，準的。

最難的是考作文。在化學與物理中間，忽然叫你「人生於世」。你的腦子本來已分成若干小塊，分得四四方方，清清楚楚，忽然來了個沒有準地方的東西，東撲撲個空，西撲撲個空，除了出汗沒有合適的辦法。你的心已冷兩三天，忽然叫你拿出情緒作用，要痛快淋漓，慷慨激昂，假如題目是

「愛國論」，或「天下興亡匹夫有責」；你的心要是不跳吧，筆下便無血無淚；跳吧，下午還考物理呢。把定律們都跳出去，或是跳個亂七八糟，愛國是愛了，而定律一亂則沒有人替你整理，怎辦？幸而不是愛國論，是山中消夏記，心無須跳了。可是，得有詩意呀。彷彿考完代數你更文雅了似的！假如你能逃出這一關去，你便大有希望了，夠分不夠的，反正你死不了了。被「人生於世」憋死，不是甚麼稀罕的事。

說回來，考試制度還是最好的制度。被考死的自然無須用提。假若考而不死，你放膽活下去吧，這已明明告訴你，你是十世童男轉身。

小病

1934 年 4 月，林語堂在上海創辦《人間世》半月刊，提倡「以自我為中心，以閒適為格調」的「小品文」。老舍先生積極支持，在該刊發表了不少像《小病》這樣的好文章。文中最後一段稱小病為「享受」、「浪漫」，「差不多是一種雅好的奢侈」，「這是小品病」，也正與《人間世》「專為登載小品文而設」的辦刊理念相呼應。

本文原載於 1934 年 7 月 5 日《人間世》第 7 期，現收入《老舍全集》第 15 卷。作者選擇了人生中常見的一種現象 —— 生小病，發揮議論，娓娓道來，涉筆成趣。先説大病「離死太近」，太「嚇唬人」，自然引出「小病便當另作一説」，進而立論：「常患些小病是必要的」。接着給小病下定義，然後是全文的重心所在 —— 小病的「有趣」，或者説「有用」：一是「增高個人的身份」，二是「精神的勝利」。最後提出「利用小病」時的注意事項，指出箇中好處並非人人都能享有。文章小題大做，亦莊亦諧，表露出作者「在全部生活藝術中搜求出來」的人生智慧和寫作技巧。

大病往往離死太近，一想便寒心，總以不患為是。即使承認病死比殺頭活埋剝皮等死法光榮些，到底好死不如歹活着。半死不活的味道使蓋世的英雄淚下如湧呀。拿死嚇唬任何生物是不人道的。大病專會這麼嚇唬人，理當迴避，假若不能掃除淨盡。

可是小病便當另作一說了。山上的和尚思凡，比城裏的學生要厲害許多。同樣，楚霸王不害病則沒得可說，一病便了不得。生活是種律動，須有光有影，有左有右，有晴有雨；滋味就含在這變而不猛的曲折裏。微微暗些，然後再明起來，則暗得有趣，而明乃更明；且至明過了度，忽然燒斷，如百燭電燈泡然。這個，照直了說，便是小病的作用。常患些小病是必要的。

所謂小病，是在兩種小藥的能力圈內，阿司匹靈①與清瘟解毒丸是也。這兩種藥所不治的病，頂好快去請大夫，或者立下遺囑，備下棺材，也無所不可，咱們現在講的是自己能當大夫的「小」病。這種小病，平均每個半月犯一次就挺合適。一年四季，平均犯八次小病，大概不會再患甚麼重病了。自然也有愛患完小病再患大病的人，那是個人的自由，不在話下。

咱們說的這類小病很有趣。健康是幸福；生活要趣味。所以應當講說一番：

小病可以增高個人的身份。不管一家大小是靠你吃飯，

① 阿司匹靈，通譯阿司匹林，一種常用藥物。

名家散文必讀系列・老舍

還是你白吃他們，日久天長，大家總對你冷淡。假若你是掙錢的，你越盡責，人們越挑眼，好像你是條黃狗，見誰都得連忙擺尾；一尾沒擺到，即使不便明言，也暗中唾你幾口。不大離的你必得病一回，必得！早晨起來，哎呀，頭疼！買清瘟解毒丸去，還有阿司匹靈嗎？不在乎要甚麼，要的是這個聲勢，狗的地位提高了不知多少。連懂點事的孩子也要閉眼想想了 —— 這棵樹可是倒不得呀！你在這時節可以發散發散狗的苦悶了，衛生的要術。你若是個白吃飯的，這個方法也一樣靈驗。特別是媽媽與老嫂子，一見你真需要阿司匹靈，她們會知道你沒得到你所應得的尊敬，必能設法安慰你：去聽聽戲，或帶着孩子們看電影去吧？她們誠意地向你商量，本來你的病是吃小藥餅或看電影都可以治好的，可是你的身份高多了呢。在朋友中，社會中，光景也與此略同。

此外，小病兩日而能自己治好，是種精神的勝利。人就是別投降給大夫。無論國醫西醫，一律招惹不得。頭疼而去找西醫，他因不能斷證 —— 你的病本來不算甚麼 —— 一定囑告你住院，而後詳加檢驗，發現了你的小腳指頭不是好東西，非割去不可。十天之後，頭疼確是好了，可是足指剩了九個。國醫文明一些，不提小腳指頭這一層，而說你氣虛，一開便是二十味藥，他越摸不清你的脈，越多開藥，意在把病嚇跑。就是不找大夫。預防大病來臨，時時以小病發散之，而小病自己會治，這就等於「吃了蘿蔔喝熱茶，氣得大夫滿街爬！」

有宜注意者：不當害這種病時，別害。頭疼，大則失去一個王位，小則能惹出是非。設個小比方：長官約你陪客，

你說頭疼不去，其結果有不易消化者。怎樣利用小病，須在全部生活藝術中搜求出來。看清機會，而後一想像，乃由無病而有病，利莫大焉。

這個，從實際上看，社會上只有一部分人能享受，差不多是一種雅好的奢侈。可是，在一個理想國裏，人人應該有這個自由與享受。自然，在理想國內也許有更好的辦法；不過，甚麼辦法也不及這個浪漫，這是小品病。

神 的 遊 戲

導讀

　　「神的遊戲」在本文中是個比喻，完整的説法是：「戲劇家必是個神」；「戲劇呀，神的遊戲」。作者把戲劇作家比作「神」，把戲劇創作比作「神」玩的「遊戲」，強調的是寫戲之難。實際上，全文的主體部分就是記述作者嘗試寫戲的切身體驗，在寫小説與寫戲劇的相互對照中，生動具體、幽默風趣地説明要寫好戲劇，「使人承認是藝術」，是如何的「難死人也」，甚至「簡直不可能」。最後通過「唸兩本前人的悲劇，找點訣竅」，表明了作者對戲劇的認識：「那立體的一小塊 —— 其中有人有事有説有笑，一小塊人生，一小塊真理，一小塊悲史，放在心裏正合適，放在宇宙裏便和宇宙融成一體，如氣之與風。」

　　本文原載於 1934 年 7 月 14 日天津《大公報》「文藝副刊」第 84 期，現收入《老舍全集》第 15 卷。雖然作者在文中自稱「對戲劇我是頭等的外行」，但他後來創作了《龍鬚溝》、《茶館》等多部優秀的戲劇作品，成為一位真正的「行家裏手」，而且以其突出的藝術貢獻，被北京市政府授予「人民藝術家」的稱號。

戲劇不是小說。假若我是個木匠；我一定說戲劇不是大鋸。由正面說，戲劇是甚麼，大概我和多數的木匠都說不上來。對戲劇我是頭等的外行。

可是，我作過戲劇。這只有我和字紙簍知道。看別人寫戲，我也試試，正如看別人下海，我也去涮涮腳。原來戲劇和小說不是一回事。這個發現，多少是惱人的。

「小說是袖珍戲園」。不錯。連賣瓜子的打手巾把的都有地位。形容那位睡着了的觀客，和他的夢，都無所不可。一齣戲，非把賣瓜子的逐出去不可，那位作夢的先生也該槍斃。戲劇限於台上加點玩藝，而且必定不許台下有人睡覺。一些佈景，幾個人，說說笑笑或哭哭啼啼，這要使人承認是藝術；天哪，難死人也，景片的繩子鬆了一些，椅子腿有點活動，都不在話下；她一個勁兒使人明白人生，認識生命，拿揭顯代替形容，拿吵嘴當作說理，這簡直不可能。可是真有會幹這個的！

設若戲劇是「一個」人的發明，他必是個神。小說，二大媽也會是發明人。從頭說起吧。立意有了，人物，地點，時間，也都有了，這不應很樂觀麼？是。於是提起筆來，終於放下，讓誰先出來呢？設若是小說，我就大有辦法。我能叫一混成旅一齊出來，也能叫一個人沒有而大講秋天的紅葉。戲劇家必是個神，他曉得而且毫不遲疑地怎樣開始。他似乎有件法寶，一祭起便成了個誅仙陣，把台下的觀眾靈魂全引進陣去。並且是很簡單呀，沒有說明書，沒有開場詞，沒有名人的介紹；一開幕便單擺浮擱地把陣式列開，一兩個回合便把人心捉住，拿活人演活人的事，而且叫台下

的活人鄭重其事地感到一些甚麼，傻子似的笑或落淚。這個本事是真本事，我只能使眼前的白紙老那麼白着吧。請想，我面對面地，十二分誠懇地，給二大媽述說一件事，她還不能明白，或是不願聽；怎樣將兩個人放在台上交談一陣，就使她明白而且樂意聽呢？大概不是她故意與我作難，就是我該死。

勉強地打了個頭兒。一開幕，一胖一瘦在書房內談話，窗外有片雪景，不壞。胖子先說話，瘦子一邊聽一邊看報。也好。談了兩三分鐘，胖子和瘦子的話是一個味兒，話都非常的漂亮，只是顯不出胖子是怎樣個人，瘦子是怎麼個人。把筆放下，歎氣。

過了十分鐘，想起來了。該上女角了。女角一露面，胖子和瘦子之間便起了衝突，一起衝突便有了人格。好極了。女角出來了。她也加入談話，三個人說的都一個味兒，始終是白開水。她打扮得很好，長得也不壞，說話也漂亮；她是怎麼個人呢？沒辦法。胖子不替她介紹，瘦子也不管詳述家譜，她自己更不好意思自述。這位救命星原來也是木頭的。字紙簍裏增多了兩三張紙。

天才不應當承認失敗，再來。這回，先從後頭寫。問題的解決是更難寫的；先解決了，然後再轉回來補充，似乎更保險。小說不必這樣，因為無結果而散也是真實的情形。戲劇必須先作繭，到末了變出蛾子來。是的，先出蛾子好了。反正事實都已預備好，只憑一寫了。寫吧。胖子瘦子和姑娘又都出來了。還是木頭的。瘦子娶了姑娘，胖子飲鴆而死，悲劇呀。自己沒悲，胖子沒悲，雖然是死了！事實很有味

兒，就是人始終沒活着。胖子和瘦子還打了一場呢，白打，最緊張處就是這一打，我自己先笑了。

唸兩本前人的悲劇，找點訣竅吧。哼！事實不如我的奇，穿插不如我的巧，言語沒有我的情，可是，也不是從哪找來的，前前後後，裏裏外外，有股悲勁縈繞迴環，好似與人物事實平行着一片秋雲，空氣便是涼颼颼的。不是鬧鬼；定是有神。這位神，把人與事放在一個悲的宇宙裏。不知道是先造的人呢，還是先造的那個宇宙。一切是在悲壯的律動裏，這個律動把二大媽的淚引出來，滿滿地哭了兩三天，淚越多心裏越痛快。二大媽的靈魂已到封神台下去，甘心地等着被封為 —— 哪怕是土地奶奶呢，到底是入了神界！

我完了。神始終不照顧我。他不給我這點力量。我的眼總是迷糊，看不見那立體的一小塊 —— 其中有人有事有說有笑，一小塊人生，一小塊真理，一小塊悲史，放在心裏正合適，放在宇宙裏便和宇宙融成一體，如氣之與風。戲劇呀，神的遊戲。木匠，還是用你的鋸吧。

小麻雀

導讀

　　老舍先生是一位同情弱者、充滿愛心的作家，他的散文《小麻雀》就地體現了這一點。本文原載於 1934 年 10 月《文學評論》第 1 卷第 2 期，現收入《老舍全集》第 14 卷。文章記述了一隻帶傷的小麻雀被貓咬傷，以及作者救助這隻小麻雀的經過，情節並不複雜，語言也很平實，卻寫得細膩逼真，情感真摯，令人心動。

　　「眼睛是心靈的窗口」，人是如此，小動物也一樣。在本文中，作者自始至終都關注着小麻雀的眼睛 ——「小黑豆眼」，通過這個窗口感知着小麻雀變動中的內心世界，也傳達着他對小麻雀的深切同情與殷切希望。當「我雙手把牠捧起來」，「牠看了我一眼！」「我捧着牠好像世上一切生命都在我的掌中似的」。小麻雀無助的或求助的眼神，激發了作者在更寬泛的意義上保護弱小的正義感和責任感。文章結尾處寫道：小麻雀「低頭看着，似乎明白了點甚麼」。小麻雀未必能明白甚麼，而是作者希望牠能明白：在這個弱肉強食的冷酷世界中，必須鼓起勇氣，奮起反抗，才能保全自己的生命，掌握自己的命運。

雨後，院裏來了個麻雀，剛長全了羽毛。牠在院裏跳，有時飛一下，不過是由地上飛到花盆沿上，或由花盆上飛下來。看牠這麼飛了兩三次，我看出來：牠並不會飛得再高一些，牠的左翅的幾根羽毛擰在一處，有一根特別得長，似乎要脫落下來。我試着往前湊，牠跳一跳，可是又停住看着我，小黑豆眼帶出點要親近我又不完全信任的神氣。我想到了：這是個熟鳥，也許是自幼便養在籠中的。所以牠不十分怕人。可是牠的左翅也許是被養着牠的或別個孩子給扯壞，所以牠愛人，又不完全信任。想到這個，我忽然很難過。一個飛禽失去翅膀是多麼可憐。這個小鳥離了人恐怕不會活，可是人又那麼狠心，傷了牠的翎羽。牠被人毀壞了，而還想依靠人，多麼可憐！牠的眼帶出進退為難的神情，雖然只是那麼個小而不美的小鳥，牠的舉動與表情可露出極大的委屈與為難。牠是要保全牠那點生命，而不曉得如何是好。對牠自己與人都沒有信心，而又願找到些倚靠。牠跳一跳，停一停，看着我，又不敢過來。我想拿幾個飯粒誘牠前來。又不敢離開，我怕小貓來撲牠。可是小貓並沒在院裏，我很快地跑進廚房，抓來了幾個飯粒。及至我回來，小鳥已不見了。我向外院跑去，小貓在影壁前的花盆旁蹲着呢。我忙去驅逐牠，牠只一撲，把小鳥擒住！被人養慣的小麻雀，連掙扎都不會，尾與爪在貓嘴旁耷拉着，和死去差不多。

叼着小鳥，貓一頭跑進廚房，又一頭跑到西屋，我不敢緊迫，怕牠更咬緊了，可又不能不追。雖然看不見小鳥的頭部，我還沒忘了那個眼神。那個預知生命危險的那個眼神。那個眼神與我的好心中間隔着一隻小白貓。來回跑了幾次，

我不追了。追上也沒用了，我想，小鳥至少已半死了。貓又進了廚房，我愣了一會兒，趕緊地又追了去，那兩個黑豆眼彷彿在我心內睜着呢。

進了廚房，貓在一條鐵筒——冬天生火通煙用的，春天拆下來便放在廚房的牆角一旁蹲着呢。小鳥已不見了。鐵筒的下端未完全扣在地上，開着一個不小的縫兒，小貓用腳往裏探。我的希望回來了，小鳥沒死。小貓本來才四個來月大，還沒捉住過老鼠，或者還不會殺生，只是叼着小鳥玩一玩。正在這麼想小鳥，忽然出來了，貓倒嚇了一跳，往後躲了躲。小鳥的樣子，我一眼便看清了，登時使我要閉上了眼，小鳥幾乎是蹲着，胸離地很近，像人害肚子痛蹲在地上那樣。牠身上並沒血。身子可似乎是蜷在一塊，非常得短。頭低着，小嘴指着地。那兩個黑眼珠！非常得黑，非常得大，不看甚麼，就那麼頂黑頂大地愣着。牠只有那麼一點活氣，都在眼裏，像是等着貓再撲牠，牠沒力量反抗或逃避；又像是等着貓赦免了牠，或是來個救星。生與死都在這兩眼裏，而並不是清醒的。牠是糊塗了，昏迷了，不然為甚麼由鐵筒中出來呢？可是，雖然昏迷，到底有那麼一點說不清的，生命根源的，希望。這個希望使牠注視着地上，等着，等着生或死。牠怕得非常忠誠，完全把自己交給了一線的希望。一點也不動。像把生命要從兩眼中流出，牠不叫，不動。

小貓沒有再撲牠，只試着用小腳碰牠。牠隨着擊碰傾側，頭不動，眼不動，還呆呆地注視着地上。但求牠能活着，牠就決不反抗。可是並非全無勇氣，牠是在貓的面前不

動！我輕輕地過去，把貓抓住。將貓放在門外，小鳥還沒動。我雙手把牠捧起來。牠確實沒受多大的傷，雖然胸上落了點毛。牠看了我一眼！我沒主意：把牠放了吧，牠準是死？養着牠吧，家中沒有籠子。我捧着牠好像世上一切生命都在我的掌中似的，我不知怎樣好。小鳥不動，蜷着身，兩眼還那麼黑，等着！愣了好久，我把牠捧到臥室裏，放在桌子上，看着牠，牠又愣了半天，忽然頭向左歪了歪，用牠的黑眼瞟了一下，又不動了，可是身子長出來一些，還低頭看着，似乎明白了點甚麼。

避 暑

（導讀圖示）**導讀**

　　本文原載於 1934 年 8 月 1 日《論語》第 46 期，現收入《老舍全集》第 15 卷。「避暑」在當時的中國是個新興的事物，也是個時髦的話題。這篇幽默文章的主題卻是：「暑本無須避」，「最好是不去」。

　　全文可分為兩部分，前一部分談他人（包括外國人和中國人）的避暑，後一部分談自己的避暑法 ——「家裏蹲」。寫他人避暑，重在揭示其「比在家中還累得慌」、「誰受罪誰知道」的實質和「面子不能不圓」、「有點裝着玩」的心理。寫自己「家裏蹲」的「簡單」與「舒服」，則是從正反兩方面來表現的。首先從反面說在家裏待着就不用「去坐火車」、不用「扶老攜幼去玩玄」、「不用搬家」，也免得「尊夫人不放心你」，通過生動的、略顯誇張的細節描寫，展現外出避暑（特別是「上山」和「搬家」）的麻煩與狼狽。然後從正面說「一動不如一靜，心靜自然涼」，通過一段從容不迫、頗具詩意的生活場景描述，表現出「家裏蹲」的閒適與自得。這樣兩相對照，讀者就不能不信服作者的高見，也不能不信服作者的文學技藝了。

英美的小資產階級，到夏天若不避暑，是件很丟人的事。於是，避暑差不多成為離家幾天的意思，暑避了與否倒不在話下。城裏的人到海邊去，鄉下人上城裏來；城裏若是熱，鄉下人幹嗎來？若是不熱，城裏的人為何不老老實實地在家裏歇着？這就難說了。再看海邊吧，各樣雜耍，似趕集開店一般，男女老幼，鬧鬧吵吵，比在家中還累得慌。原來暑本無須避，而面子不能不圓 ——；夏天總得走這麼幾日，要不然便受不了親友的盤問。誰也知道，海邊的小旅館每每一間小屋睡大小五口；這只好盡在不言中。

　　手中更富裕的，講究到外國來。這更少與避暑有關。巴黎夏天比倫敦熱得多，而巴黎走走究竟體面不小。花幾個錢，長些見識，受點熱也還值得。可是咱們這兒所說的人們，在未走以前已經決定好自己的文化比別國高，而回來之後只為增高在親友中的身份 ——「剛由巴黎回來；那羣法國人！」

　　到中國做事的西人，自然更不能忘了這一套。在北戴河，有三家湊賃一所小房的，住上二天，大家的享受正如圈裏的羊。自然也有很闊氣的，真是去避暑；可是這樣的人大概在哪裏也不見得感到熱，有錢呀。有錢能使鬼推磨，難道不能使鬼做冰激凌嗎？這總而言之，都有點裝着玩。外國人裝蒜，中國人要是不學，便算不了摩登。於是自從皇上被免職以後，中國人也講究避暑。北平的西山，青島，和其他的地方，都和洋錢有同樣的響聲。還有特意到天津或上海玩玩的，也歸在避暑項下；誰受罪誰知道。

　　暑，從哲學上講，是不應當避的。人要把暑都避了，老

天爺還要暑幹嗎？農人要都去避暑，糧食可還有的吃？再退一步講，手裏有錢，暑不可不避，因為它暑。這自然可以講得通，不過為避暑而急得四脖子汗流，便大可以不必。到避暑期間而鬧得人仰馬翻，便根本不如在家裏和誰打上一架。

所以我的避暑法便很簡單 —— 家裏蹲。第一不去坐火車；為避暑而先坐二十四小時的特別熱車，以便到目的地去治上吐下瀉，我就不那麼傻。第二不扶老攜幼去玩玄：比如上山，帶着四個小孩，說不定會有三個半滾了坡的。山上的空氣確是清新，可是下得山來，孩子都成了瘸子，也與教育宗旨不甚相合。即使沒有摔壞，反正還不嚇一身汗？這身汗哪裏出不了，單上山去出？第三不用搬家。你說，一家大小都去避暑，得帶多少東西？即使出發的時候力求簡單，到了地方可就明白過來，啊，沒有給小二帶乳瓶來！買去吧，哼，該買的東西多了！三叔的固元膏忘下了，此處沒有賣的，而个貼則三叔就瀉肚；得發快信託朋友給寄！及至東西都慢慢買全，也該回家了，往回運吧，有甚麼可說的！

一個人去自然簡單些，可是你留神吧，你的暑氣還沒落下去，家裏的電報到了 —— 急速回家！趕回來吧，原來沒事，只是尊夫人不放心你！本來嗎，一個人在海岸上溜，尊夫人能放心嗎？她又不是沒看過美人魚的照片。

大家去，獨自去，都不好；最好是不去。一動不如一靜，心靜自然涼。況且一切應用的東西都在手底下：涼蓆，竹枕，蒲扇，煙捲，萬應錠，小二的乳瓶⋯⋯要甚麼伸手即得，這就是個樂子。渴了有綠豆湯，餓了有燒餅，悶了唸書或作兩句詩。早早地起來，晚晚地睡，到了晌午再補上一

大覺；光腳沒人管，赤背也不違警章，喝幾口隨便，喝兩盅也行。有風便蔭涼下坐着，沒風則勤搧着，暑也可以避了。

這種避暑有兩點不舒服：（一）沒把錢花了；（二）怕人問你。都有辦法：買點暑藥送苦人，或是賑災，即使不是有心積德，到底錢是不必非花在青島不可的。至於怕有人問，你可以不見客，等秋來的時候，他們問你，很可以這樣說：「老沒見，上莫干山住了三個多月。」如能把孩子們囑咐好了，或者不至漏了底。

寫字

● 導讀

　　這篇幽默文章原載於 1934 年 12 月 16 日《論語》第 55 期，現收入《老舍全集》第 15 卷。作者一開始繞着彎兒説自己的字不好：「一個中國人而不會寫筆好字，必定覺得不是味兒；所以我常不得勁兒。」然而，真正「叫人起急」的是「沒人求我寫字」，「沒人理我」，虛榮心得不到滿足。於是只好主動「送輓聯」、「送紅對」，卻總是不受重視。接下去一個「可是」，筆鋒一轉，「顯擺」自己在寫字方面「也出過兩回鋒頭」。其實這兩回也不過是在外行面前充行家、厚着臉皮裝大師罷了。文章先抑後揚，曲盡其妙，活脱脱表現出一個明知「自己的字不行」卻老想以此沽名釣譽的自戀文人的形象。

　　文中作者形容自己的字不好，用了「掛起來看吧，一串倭瓜」、「行列有時像歪脖樹，有時像曲線美」、「個個字像傻蛋，怎麼耍俏怎麼不行」等比喻，又形象，又貼切，又風趣，給人留下深刻的印象。不過，需要説明的是，老舍先生也許算不上偉大的書法家，可他的字遠不像他説的這麼差勁，這麼不受歡迎。本文中的自我「揭短」，如同《觀畫記》中的自我「現醜」一樣，都只是他的幽默的自謙而已。當然，其中也都暗含着對某一類人（沽名釣譽者、不懂裝懂者）的不懷惡意的譏諷。

假若我是個洋鬼子，我一定也得以為中國字有趣。換個樣兒說，一個中國人而不會寫筆好字，必定覺得不是味兒；所以我常不得勁兒。

寫字算不算一種藝術，和作官算不算革命，我都弄不清楚。我只知道好字看着順眼。順眼當然不一定就是美，正如我老看自己的鼻子順眼而不能自居姓藝名術字子美。可是順眼也不算壞事，還沒有人因為鼻子長得順眼而去投河。再說，順眼也頗不容易；無論你怎樣自居為寶玉，你的鼻子沒有我的這麼順眼，就乾脆沒辦法；我的鼻子是天生帶來的，不是在醫院安上的。說到寫字，寫一筆漂亮字兒，不容易。工夫，天才，都得有點。這兩樣，我都有，可就是沒人求我寫字，真叫人起急！

看着別人寫，個兒是個兒，筆力是筆力，真饞得慌。尤其堵得慌的是看着人家往張先生或李先生那裏送紙，還得作揖，說好話，甚至於請吃飯。沒人理我。我給人家作揖，人家還把紙藏起去。寫好了扇子，白送給人家，人家道完謝，去另換扇面。氣死人不償命，簡直的是！

只有一個辦法：遇上喪事必送輓聯，遇上喜事必送紅對，自己寫。敢不掛，玩命！人家也知道這個，哪敢不掛？可是掛在甚麼地方就大有分寸了。我老得到不見陽光，或廁所附近，找我寫的東西去。行一回人情總得頭疼兩天。

頂傷心的是我並不是不用心寫呀。哼，越使勁越糟！紙是好紙，墨是好墨，筆是好筆，工具滿對得起人。寫的時候，焚上香，開開窗戶，還先讀讀碑帖。一筆不苟，橫平豎直；掛起來看吧，一串倭瓜，沒勁！不是這個大那個小，就

是歪着一個。行列有時像歪脖樹，有時像曲線美。整齊自然
不是美的要素；要命是個個字像傻蛋，怎麼耍俏怎麼不行。
紙算糟蹋遠了去啦。要講成績的話，我就有一樣好處，比別
人糟蹋的紙多。

可是，「東風常向北，北風也有轉南時」，我也出過兩
回鋒頭。一回是在英國一個鄉村裏。有位英國朋友死了，因
為在中國住過幾年，所以留下遺言。墓碣上要幾個中國字。
我去弔喪，死鬼的太太就這麼跟我一提。我曉得運氣來了，
登時包辦下來；馬上回倫敦取筆墨硯，緊跟着跑回去，當眾
開彩。全村子的人橫是差不多都來了吧，只有我會寫；我還
告訴他們：我不僅是會寫，而且寫得好。寫完了，我就給
他們掰開揉碎地一講，這筆有甚麼講究，那筆有甚麼講究。
他們的眼睛都睜得圓圓的，眼珠裏滿是驚歎號。我一直痛快
了半個多月。後來，我那幾個字真刻在石頭上了，一點也不
瞎吹。「光榮是中國的，藝術之神多着一位。天上落下白米
飯，小鬼兒悶悶地哭；因為倉頡泄露了天機！」我還記得作
了這樣高偉的詩。

第二回是在中國，這就更不容易了。前年我到遠處去
講演。那裏沒有一個我的熟人。講演完了，大家以為我很有
學問，我就棍打腿地聲明自己的學問很大，他們提甚麼我總
知道，不知道的假裝一笑，作為不便於說，他們簡直不曉得
我吃幾碗乾飯了，我更不便於告訴他們。提到寫字，我又那
麼一笑。喝，不大會兒，玉版宣來了一堆。我差點樂瘋了。
平常老是自己買紙，這回我可撈着了！我也相信這次必能寫
得好：平常總是拿着勁，放不開膽，所以寫得不自然；這次

我給他個信馬由韁，隨筆寫來，必有佳作。中堂，屏條，對聯，寫多了，直寫了半天。寫得確是不壞，大家也都說好。就是在我辭別的時候，我看出點毛病來：好些人跟招待我的人嘀咕，我很聽見了幾句：「別叫這小子走！」「那怎好意思？」「叫他賠紙！」「算了吧，他從老遠來的。」……招待員總算懂眼，知道我確是賣了力氣寫的，所以大家沒一定叫我賠紙；到如今我還以為這一次我的成績頂好，從量上質上說都下得去。無論怎麼說，總算我過了癮。

我知道自己的字不行，可有一層，誰的孩子誰不愛呢！是不是，二哥？

讀書

　　本文原載於 1934 年 12 月 20 日《太白》第 1 卷第 7 期「漫談」專欄，現收入《老舍全集》第 15 卷。這是一篇「漫談」作者的讀書經驗的文章，語言幽默，涉筆成趣，對於我們的課外閱讀很有啟發意義。

　　以「我愛唸書」為主題，全文由兩部分構成：「讀甚麼」和「怎麼讀」。談自己讀書的「種類」，用的是排除法，列舉了三類自己不愛的書：「沒多大味兒」的，「滿是公式」的，「名氣挺大」卻沒「勁」的。談「讀的方法」，則是正面介紹，個性十足：「讀書沒系統」，「讀得很快，而不記住」，「讀完一本書，沒有批評，誰也不告訴」，「不讀自己的書，不願談論自己的書」，等等。總而言之，作者是全憑自己的興趣、愛好來選書、讀書的。這當然只是作家老舍個人的讀書趣味與體會，他可以「不愛唸的就不動好了」。

　　但對我們學生來說，不管喜歡不喜歡，課本必須唸好，老師指定的課外書也要認真去讀，因為一般而言，這些書的每一個「配紙」（page，「頁」的英文）上面，都可能藏着打開宇宙、社會和人生奧祕的「金鑰匙」呢。

若是學者才准唸書，我就甚麼也不要說了。大概書不是專為學者預備的；那麼，我可要多嘴了。

　　從我一生下來直到如今，沒人盼望我成個學者；我永遠喜歡服從多數人的意見。可是我愛唸書。

　　書的種類很多，能和我有交情的可很少。我有決定唸甚麼的全權；自幼兒我就會逃學，愣挨板子也不肯說我愛《三字經》和《百家姓》。對，《三字經》便可以代表一類 —— 這類書，據我看，頂好在判了無期徒刑後去唸，反正活着也沒多大味兒。這類書可真不少，不知道為甚麼；也許是犯無期徒刑罪的太多；要不然便是太少 —— 我自己就常想殺些寫這類書的人。我可是還沒殺過一個，一來是因為 —— 我才明白過來 —— 寫這樣書的人敢情有好些已經死了，比如寫《尚書》的那位李二哥。二來是因為現在還有些人專愛唸這類書，我不便得罪人太多了。頂好，我看是不管別人；我不愛唸的就不動好了。好在，我爸爸沒希望我成個學者。

　　第二類書也與咱無緣：書上滿是公式，沒有一個「然而」和「所以」。據說，這類書裏藏着打開宇宙祕密的小金鑰匙。我倒久想明白點真理，如地是圓的之類；可是這種書彆扭，它老瞪着我。書不老老實實地當本書，瞪人幹嗎呀？我不能受這個氣！有一回，一位朋友給我一本《相對論原理》，他說：明白這個就甚麼都明白了。我下了決心去唸這本寶貝書。讀了兩個「配紙」，我遇上了一個公式。我跟它「相對」了兩點多鐘！往後邊一看，公式還多了去啦！我知道和它們「相對」下去，它們也許不在乎，我還活着不呢？

可是我對這類書，老有點敬意。這類書和第一類有些不同，我看得出。第一類書不是沒法懂，而是懂了以後使我更糊塗。以我現在的理解力 —— 比上我七歲的時候，我現在滿可以作聖人了 —— 我能明白「人之初，性本善」。明白完了，緊跟着就糊塗了；昨兒個晚上，我還挨了小女兒 —— 玫瑰膏的小天使 —— 一個嘴巴。我知道這個小天使性本不善，她才兩歲。第二類書根本就看不懂，可是人家的紙上沒印着一句廢話；懂不懂的，人家不鬧玄虛，它瞪我，或者我是該瞪。我的心這麼一軟，便把它好好放在書架上；好打好散，別太傷了和氣。

這要說到第三類書了。其實這不該算一類；就這麼算吧，順嘴。這類書是這樣的：名氣挺大，唸過的人總不肯說它壞，沒唸過的人老怪害羞地說將要唸。譬如說《元曲》，太炎「先生」的文章，羅馬的悲劇，辛克萊的小說，《大公報》 —— 不知是哪兒出版的一本書 —— 都算在這類裏，這些書我也都拿起來過，隨手便又放下了。這裏還就屬那本《大公報》有點勁。我不害羞，永遠不說將要唸。好些書的廣告與威風是很大的，我只能承認那些廣告作得不錯，誰管它威風不威風呢。

「類」還多着呢，不便再說；有上面的三項也就足以證明我怎樣的不高明了。該說讀的方法。

怎樣讀書，在這裏，是個自決的問題；我說我的，沒勉強誰跟我學。第一，我讀書沒系。借着甚麼，買着甚麼，遇着甚麼，就讀甚麼。不懂的放下，使我糊塗的放下，沒趣

味的放下，不客氣。我不能叫書管着我。

第二，讀得很快，而不記住。書要都叫我記住，還要書幹嗎？書應該記住自己。對我，最討厭的發問是：「那個典故是哪兒的呢？」「那句書是怎麼來着？」我永不回答這樣的考問，即使我記得。我又不是印刷機器養的，管你這一套！

讀得快，因為我有時候跳過幾頁去。不合我的意，我就練習跳遠。書要是不服氣的話，來跳我呀！看偵探小説的時候，我先看最後的幾頁，省事。

第三，讀完一本書，沒有批評，誰也不告訴。一告訴就糟：「嘿，你讀《啼笑因緣》？」要大家都不讀《啼笑因緣》，人家寫它幹嗎呢？一批評就糟：「尊家這點意見？」我不惹氣。讀完一本書再打通兒架，不上算。我有我的愛與不愛，存在我自己心裏。我愛唸甚麼就唸，有甚麼心得我自己知道，這是種享受，雖然顯得自私一點。

再説呢，我讀書似乎只要求一點靈感。「印象甚佳」便是好書，我沒工夫去細細分析它，所以根本便不能批評。「印象甚佳」有時候並不是全書的，而是書中的一段最入我的味；因為這一段使我對這全書有了好感；其實這一段的美或者正足以破壞了全體的美，但是我不去管；有一段叫我喜歡兩天的，我就感謝不盡。因此，設若我真去批評，大概是高明不了。

第四，我不讀自己的書，不願談論自己的書。「兒子是自己的好」，我還不曉得，因為自己還沒有過兒子。有個小女兒，女兒能不能代表兒子，就不得而知。「老婆是別人的

好」，我也不敢加以擁護，特別是在家裏。但是我準知道，書是別人的好。別人的書自然未必都好，可是至少給我一點我不知道的東西。自己的，一提都頭疼！自己的書，和自己的運氣，好像永遠是一對兒累贅。

　　第五，哼，算了吧。

落花生

▌導讀

　　「落花生」就是我們常吃的花生，還有「長生果」的美名。另一位現代作家許地山的筆名就叫「落花生」，他也寫過一篇散文《落花生》，可與老舍先生的這一篇參照閱讀。

　　在本文中，作者主要運用對比的手法，通過花生與瓜子、栗子、核桃、榛子等乾果的比較，讚美了花生又好吃又好看，還會給人「詩的靈感」，而且「在哪裏都有人緣，自天子以至庶人都跟它是朋友」，在英國、美國也同樣「有點魔力」、受到「重看」。第二、三自然段寫花生的「外貌」與「內涵」，形象生動，躍然紙上，寫冬夜讀《水滸》、冬天趕路時吃花生的情景，如詩如畫，令人神往，值得細細品味。

　　《落花生》原載於 1935 年 1 月 20 日《漫畫生活》第 5 期，現收入《老舍全集》第 15 卷。文中提到了兩個「典故」，需要注意一下：一是「蘋果的典故」，應該是出自古希臘神話「金蘋果」的故事；二是花生與婚禮的典故，應該是我國傳統結婚禮俗裏用乾果表達對新娘子的祝福 ── 早（大棗）生（花生）貴（桂圓）子（蓮子）。其中詳情説來話長，還是請讀者朋友自己查資料弄明白吧。

　　我是個謙卑的人。但是，口袋裏裝上四個銅板的落花生，一邊走一邊吃，我開始覺得比秦始皇還驕傲。假若有人問我：「你要是作了皇上，你怎麼享受呢？」簡直的不必思索，我就答得出：「派四個大臣拿着兩塊錢的銅子，愛買多少花生吃就買多少！」

　　甚麼東西都有個幸與不幸。不知道為甚麼瓜子比花生的名氣大。你説，憑良心説，瓜子有甚麼吃頭？它夾你的舌頭，塞你的牙，激起你的怒氣 —— 因為一咬就碎；就是幸而沒碎，也不過是那麼小小的一片，不解餓，沒味道，勞民傷財，布爾喬亞①！你看落花生：大大方方的，淺白麻子，細腰，曲線美。這還只是看外貌。弄開看：一胎兒兩個或者三個粉紅的胖小子。脱去粉紅的衫兒，象牙色的豆瓣一對對地抱着，上邊兒還結着吻。那個光滑，那個水靈，那個香噴噴的，碰到牙上那個乾鬆酥軟！白嘴吃也好，就酒喝也好，放在舌上當檳榔含着也好。寫文章的時候，三四個花生可以代替一支香煙，而且有益無損。

　　種類還多呢：大花生，小花生，大花生米，小花生米，糖餞的，炒的，煮的，炸的，各有各的風味，而都好吃。下雨陰天，煮上些小花生，放點鹽；來四兩玫瑰露；夠作好幾首詩的。瓜子可給詩的靈感？冬夜，早早地躺在被窩裏，看着《水滸》，枕旁放着些花生米；花生米的香味，在舌上，

---

①　布爾喬亞，資產階級的意思。此處老舍用來形容瓜子華而不實，沒有花生的純樸和厚重。

在鼻尖；被窩裏的暖氣，武松打虎⋯⋯這便是天國！冬天在路上，颳着冷風，或下着雪，袋裏有些花生使你心中有了主兒；掏出一個來，剝了，慌忙往口中送，閉着嘴嚼，風或雪立刻不那麼厲害了。況且，一個二十歲以上的人肯神仙似地，無憂無慮地，隨隨便便地，在街上一邊走一邊吃花生，這個人將來要是作了宰相或度支部尚書，他是不會有官僚氣與貪財的。他若是作了皇上，必是樸儉溫和直爽天真的一位皇上，沒錯。吃瓜子的照例不在街上走着吃，所以我不給他保這個險。

至於家中要是有小孩兒，花生簡直比甚麼也重要。不但可以吃，而且能拿它們玩。夾在耳脣上當環子，幾個小姑娘就能辦很大的一回喜事。小男孩若找不着玻璃球兒，花生也可以當彈兒。玩法還多着呢。玩了之後，剝開再吃，也還不髒。兩個大子兒的花生可以玩半天；給他們些瓜子試試。

論樣子，論味道，栗子其實滿有勢派兒。可是它沒有落花生那點家常的「自己」勁兒。栗子跟人沒有交情，彷彿是。核桃也不行，榛子就更顯着疏遠。落花生在哪裏都有人緣，自天子以至庶人都跟它是朋友；這不容易。

在英國，花生叫作「猴豆」——Monkey nuts。人們到動物園去才帶上一包，去餵猴子。花生在這個國裏真不算很光榮，可是我親眼看見去餵猴子的人——小孩就更不用提了——偷偷地也往自己口中送這猴豆。花生和蘋果好像一樣的有點魔力，假如你知道蘋果的典故；我這兒確是用着典故。

美國吃花生的不限於猴子。我記得有位美國姑娘，在到

中國來的時候，把幾隻皮箱的空處都填滿了花生，大概湊起來總夠十來斤吧，怕是到中國吃不着這種寶物。美國姑娘都這樣重看花生，可見它確是有價值；按照哥倫比亞的哲學博士的辯證法看，這當然沒有誤兒。

　　花生大概還跟婚禮有點關係，一時我可想不起來是怎麼個辦法了；不是新娘子在轎裏吃花生，不是；反正是甚麼甚麼春吧 —— 你可曉得這個典故？其實花轎裏真放上一包花生米，新娘子未必不一邊落淚一邊嚼着。

春風

導讀

　　1934 年，老舍先生辭別濟南齊魯大學，應聘為青島國立山東大學中文系講師。因有在濟南、青島兩地生活的切身體驗，作者舉重若輕，用一對巧妙的比喻十分形象地寫出了兩地「多麼不相同」—— 一個是「穿肥袖馬褂的老先生」（傳統的、老派的），一個是「摩登的少女」（現代的、新潮的）。然後比較兩地四季的異同，主要寫的是「同」：兩地都是「春天多風」，秋天「長而晴美」。先說好的 —— 秋天的美：濟南的山色與青島的海景，前者「給我安全之感」，後者「引起我甜美的悲哀」。然後說不好的一面 ——「兩地的春可都被風給吹毀了」，這才是全文的重心所在。通過應然（「溫柔」）與實然（「粗猛」）的對照，運用擬人的手法（「狡猾」），生動地表現出兩地春風的不合時宜，招人愁怨。最後一段進一步述說兩地春風對自己的影響（「它自由地颳，我死受着苦」），表達了自己的氣惱（「這樣的野風幾乎是不可原諒的」）與無奈（「可是跟誰講理去呢」）。

　　《春風》猶如一組構思精巧、筆法傳神、頗具個性色彩的屏風畫片，表達了老舍先生對他生活過的濟南、青島兩地的真情實感。本文原載於 1935 年 3 月 24 日天津《益世報》副刊「益世小品」第 1 期，現收入《老舍全集》第 14 卷。

　　濟南與青島是多麼不相同的地方呢！一個設若比作穿肥袖馬褂的老先生，那一個便應當是摩登的少女。可是這兩處不無相似之點。拿氣候說吧，濟南的夏天可以熱死人，而青島是有名的避暑所在；冬天，濟南也比青島冷。但是，兩地的春秋頗有點相同。濟南到春天多風，青島也是這樣；濟南的秋天是長而晴美，青島亦然。

　　對於秋天，我不知應愛哪裏的：濟南的秋是在山上，青島的是海邊。濟南是抱在小山裏的；到了秋天，小山上的草色在黃綠之間，松是綠的，別的樹葉差不多都是紅與黃的。就是那沒樹木的山上，也增多了顏色 —— 日影、草色、石層，三者能配合出種種的條紋，種種的影色。配上那光暖的藍空，我覺到一種舒適安全，只想在山坡上似睡非睡地躺着，躺到永遠。青島的山 —— 雖然怪秀美 —— 不能與海相抗，秋海的波還是春樣的綠，可是被清凉的藍空給開拓出老遠，平日看不見的小島清楚地點在帆外。這遠到天邊的綠水使我不願思想而不得不思想；一種無目的的思慮，要思慮而心中反倒空虛了些。濟南的秋給我安全之感，青島的秋引起我甜美的悲哀。我不知應當愛哪個。

　　兩地的春可都被風給吹毀了。所謂春風，似乎應當溫柔，輕吻着柳枝，微微吹皺了水面，偷偷地傳送花香，同情地輕輕掀起禽鳥的羽毛。濟南與青島的春風都太粗猛。濟南的風每每在丁香海棠開花的時候把天颳黃，甚麼也看不見，連花都埋在黃暗中，青島的風少一些沙土，可是狡猾，在已很暖的時節忽然來一陣或一天的冷風，把一切都送回冬天去，棉衣不敢脫，花兒不敢開，海邊翻着愁浪。

兩地的風都有時候整天整夜地颳。春夜的微風送來雁叫，使人似乎多些希望。整夜的大風，門響窗戶動，使人不英雄地把頭埋在被子裏；即使無害，也似乎不應該如此。對於我，特別覺得難堪。我生在北方，聽慣了風，可也最怕風。聽是聽慣了，因為聽慣才知道那個難受勁兒。它老使我坐臥不安，心中遊遊摸摸的，幹甚麼不好，不幹甚麼也不好。它常常打斷我的希望：聽見風響，我懶得出門，覺得寒冷，心中渺茫。春天彷彿應當有生氣，應當有花草，這樣的野風幾乎是不可原諒的！我倒不是個弱不禁風的人，雖然身體不很足壯。我能受苦，只是受不住風。別種的苦處，多少是在一個地方，多少有個原因，多少可以設法減除；對風是乾沒辦法。總不在一個地方，到處隨時使我的腦子晃動，像怒海上的船。它使我說不出為甚麼苦痛，而且沒法子避免。它自由地颳，我死受着苦。我不能和風去講理或吵架。單單在春天颳這樣的風！可是跟誰講理去呢？蘇杭的春天應當沒有這不得人心的風吧？我不準知道，而希望如此。好有個地方去「避風」呀！

西紅柿

　　1935 年夏天，包括老舍先生在內的 12 位同在青島的文化人
聯合創辦了《青島民報》文藝副刊《避暑錄話》，相約「在避暑聖
地的青島，說話必須保持着『避暑』的態度」。也就是說，《避暑
錄話》的宗旨是避免「火氣」，倡導心平氣和的文風。該副刊 7 月
14 日發行創刊號，老舍的《西紅柿》就發表在這一期上（現收入
《老舍全集》第 15 卷）。

　　文章只有兩段，第一段主要寫西紅柿在中國原本沒有甚麼價
值，只是「給小孩兒們拿着玩玩而已」，由於它的「青氣味兒」和
「四不像的勁兒」，在飯舖裏「完全沒有份兒」；第二段寫「西紅
柿轉運」，先上了「英法大菜館」的菜單，然後「漸漸侵入中國飯
舖」，都是因為西醫宣傳其營養價值，中國人崇洋跟風，於是西紅
柿有了「番茄這點威風」。作者感歎道：「文化的侵略喲，門牙也
擋不住呀！」不是氣沖沖的批評，而是笑呵呵的調侃，這正體現
了所謂「『避暑』的態度」。順便一提：文中將「可憐的西紅柿」
比喻為「有狐臭的美人」，很貼切，很傳神。

所謂番茄炒蝦仁的番茄，在北平原叫作西紅柿，在山東各處則名為洋柿子，或紅柿子。想當年我還梳小辮，繫紅頭繩的時候，西紅柿還沒有番茄這點威風。它的價值，在那不文明的時代，不過與「赤包兒」相等，給小孩兒們拿着玩玩而已。大家作「娶姑娘扮姐姐」玩耍的時節，要在小板凳上擺起幾個紅胖發亮的西紅柿，當作喜筵，實在漂亮。可是，它的價值只是這麼點，而且連這一點還不十分穩定，至於在大小飯舖裏，它是完全沒有份兒的。這種東西，特別是在葉子上，有些不得人心的臭味——按北平的話說，這叫作「青氣味兒」。所謂「青氣味兒」，就是草木發出來的那種不好聞的味道，如楮樹葉兒和一些青草，都是有此氣味的。可憐的西紅柿，果實是那麼鮮麗，而被這個味兒給累住，像個有狐臭的美人。不要説是吃，就是當「花兒」看，它也是沒有「涼水茄」、「番椒」等那種可以與美人蕉，翠雀兒等草花同在街上售賣的資格。小孩兒拿它玩耍，彷彿也是出於不得已；這種玩藝兒好玩不好吃，不像落花生或棗子那樣可以「吃玩兩便」。其實呢，西紅柿的味道並不像它的葉子那麼臭惡，而且不比臭豆腐難吃，可是那股青氣味兒到底要了它的命。除了這點味道，恐怕它的失敗在於它那點四不像的勁兒：拿它當果子看待，它甜不如果，脆不如瓜；拿它當菜吃，煮熟之後屁味沒有，稀鬆一堆，沒點「嚼頭」；它最宜生吃，可是那股味兒，不果不瓜不菜，亦可以休矣！

西紅柿轉運是在近些年，「番茄」居然上了菜單，由英法大菜館而漸漸侵入中國飯舖，連山東館子也要報一報「番茄蝦銀（仁）兒」！文化的侵略喲，門牙也擋不住呀！可是

細一看呢，飯館裏的番茄這個與那個，大概都是加上了點番茄汁兒，粉紅怪可看，且不難吃；至於整個的鮮番茄，還沒多少人肯大嘴地啃。肯生吞它的，或者還得算留過洋的人們和他們的兒女，到底他們的洋味地道些。近來西醫宣傳西紅柿裏含有維他命 A 至 W，可是必須生吃，這倒有點彆扭。不過呢，國人是最注意延年益壽，滋陰補腎的東西，或者這點青氣味兒也不難於習慣下來的；假如國醫再給證明一下：番茄加鹿茸可以壯陽種子，我想它的前途正自未可限量咧。

鬼與狐

　　本文談的「鬼與狐」，實際上指的是兩種人。作者把自己所說的「白天的鬼」（人）與人們想像中的「夜鬼」相互對照，揭示了這種人「專為害人」而存在、「無處無時不討厭」的「德行」：他們「雖具有人形」，卻沒有「人心人肺」，表面上「嬉皮笑臉地討人喜歡」，實際上「一肚子鬼胎」，心「比棺材板還硬還涼」；他們嘴上「很講道德」，「心裏是男盜女娼一應俱全」，「佔別人的便宜」，「不拿人當人」，而且詭計多端，趁人不備給人「下絆兒」，讓人「沒法兒防備」；他們「心眼很複雜」，「永遠有團體，有計劃」，「把世界弄成了鬼的世界」，就像黑暗的地獄。與「鬼」的「可怕」與「可恨」相比，「狐」倒有點「可喜」，有點「浪漫」，因為他們「似乎有點傻氣」，「手段也不高明」，不是本文揭露的重點。

　　作者最後解釋了為甚麼要拿「鬼與狐」說事兒：這是「為避免着人事，因為人事中的陰險詭詐遠非鬼所能及」。對於那些「白天的鬼」，作者的態度是可想而知的，但是落實在文字上，卻以一種風趣揶揄而非激烈批判的筆調，表現出老舍先生作為幽默大家的寬宏的心態與氣度。這篇寓言式的散文原載於 1936 年 7 月 1 日《論語》第 91 期，現收入《老舍全集》第 15 卷。

我所見過的鬼都是鼻眼俱全，帶着腿兒，白天在街上蹓躂的。夜間出來活動的鬼，還未曾遇到過；不是他們的過錯，而是因為我不敢走黑道兒。平均地說，我總是晚上九點後十點前睡覺，鬼們還未曾出來；一睜眼就又天亮了，據說鬼們是在雞鳴以前回家休息的。所以我老與鬼們兩不照面，向無交往。即使有時候鬼在半夜扒着窗戶看看我，我向來是睡得如死狗一般，大概他們也不大好意思驚動我。據我推測，鬼的拿手戲是在嚇唬人；那麼，我夜間不醒，他也就沒辦法。就是他想一口冷氣把我吹死，到底未能先使我的頭髮立起如刺蝟的樣子，他大概是不會過癮的。

　　假若黑夜的鬼可以躲避，白天的鬼倒真沒法兒防備。我不能白天也老睡覺。只要我一上街，總得遇上他。有時候在家中靜坐，他會找上門來。夜裏的鬼並不這樣討人嫌。還有呢，夜間的鬼有種種奇裝異服與怪臉面，使人一見就知道鬼來了，如披散着頭髮，吐着舌頭，走道兒沒聲音，和駕着陰風等等。這些特異的標誌使人先有個準備，能打呢就和他開仗，如若個子太高或樣子太可怕呢，咱就給他表演個二百米或一英里競走，雖然他也許打破我的紀錄，而跑到前面去，可是到底我有個希望。白天的鬼，哼，比夜間的要厲害着多少倍，簡直不知多少倍。第一，他不吐舌頭，也不打旋風；他只在你不留神的時候，腳底下一絆，你準得躺下。他的樣子一點也不見得比我難看，十之八九是胖胖的，一肚子鬼胎。他要能嚇唬你，自然是見面就「虎」一氣了；可是一般地說，他不「虎」，而是嬉皮笑臉地討人喜歡，等你中了他

的計策之後，你才覺出他比棺材板還硬還涼。他與夜鬼的分別是這樣：夜鬼拿人當人待，他至多不過希望拉個替身；白日鬼根本不拿人當人，你只是他的詭計中的一個環節，你永遠逃不出他的圈兒。夜鬼大概多少有點委屈，所以白臉紅舌頭地出出惡氣，這情有可原。白日鬼甚麼委屈也沒有，他乾脆要佔別人的便宜。夜鬼不講甚麼道德，因為他曉得自己是鬼；白日鬼很講道德，嘴裏講，心裏是男盜女娼一應俱全。更屬害的是他比夜鬼的心眼多，他知道怎樣有組織，用大家的勢力擺下迷魂大陣，把他所要收拾的一一地捉進陣去。在夜鬼的歷史裏，很少有大頭鬼、吊死鬼等等聯合起來作大規模運動的。白日鬼可就兩樣了，他們永遠有團體，有計劃，使你躲開這個，躲不開那個，早晚得落在他們的手中。夜鬼因為勢力孤單，他知道怎樣不專憑勢力，而有時也去找個清官，如包老爺之流，訴訴委屈，而從法律上雪冤報仇。白日鬼不講這一套，世上的包老爺多數死在他們的手裏，更不用說別人了。這種鬼的存在似乎專為害人，就是害不死人，也把人氣死。他們甚麼也曉得，只是不曉得怎樣不討厭。他們的心眼很複雜，很快，很柔軟——像塊皮糖似的怎揉怎合適，怎方便怎去。他們沒有半點火氣，地道的純陰，心涼得像塊冰似的，口中叼着大呂宋煙。

這種無處無時不討厭的鬼似乎該有個名稱，我想「不知死的鬼」就很恰當。這種鬼雖具有人形，而心肺則似乎不與人心人肺的標本一樣。他在頂小的利益上看出天大的甜頭，在極黑暗的地方看出美，找到享樂。他吃，他唱，他交媾，

他不知道死。這種玩藝們把世界弄成了鬼的世界，有地獄的黑暗，而無其嚴肅。

鬼之外，應當說到狐。在狐的歷史裏，似乎女權很高，千年白狐總是變成妖豔的小娘子 —— 可惜就是有時候露出點小尾巴。雖然有時候狐也變成白髮老翁，可是究竟是老翁，少壯的男狐精就不大聽說。因此，鬼若是可怕，狐便可怕而又可喜，往往使人捨不得她。她浪漫。

因為浪漫，狐似乎有點傻氣，至少比「不知死的鬼」傻多了。修煉了千年或更長的時間才能化為人形，不刻苦地繼續下工夫，卻偏偏為愛情而犧牲，以至被張天師的張手雷打個粉碎，其愚不可及也。況且所愛的往往不是有汽車高樓的痴胖子，而是風流年少的窮書生；這太不上算了，要按着世上女鬼的邏輯說。

狐的手段也不高明。對於得惡他們的人，只會給飯鍋裏扔把沙子，或把茶壺茶碗放在廁所裏去。這種辦法太幼稚，只能惱人而不叫人真怕他們。於是人們請來高僧或捉妖的老道，門前掛上符咒，老少狐仙便即刻搬家。在這一點上，狐遠不及鬼，更不及白日的鬼。鬼會在半夜三更叫喚幾聲，就把人嚇得藏在被窩裏出白毛汗，至少得燒點紙錢安慰安慰冤魂。至於那白日鬼就更厲害了，他會不動聲色地，跟你一塊吃喝的工夫，把你送到陰間去，到了陰間你還不知道是怎回事呢。

我以為說鬼與狐的故事與文藝大概多數的是為造成一種恐怖，故意地供給一種人為的哆嗦，好使心中空洞的人有些一想就顫抖的東西 —— 神經的冷水浴。在這個目的以外，

也許還有時候含着點教訓，如鬼狐的報恩等等。不論是怎樣吧，寫這樣故事的人大概都是為避免着人事，因為人事中的陰險詭詐遠非鬼所能及；鬼的能力與心計太有限了，所以鬼事倒比較地容易寫一些。至於鬼狐報恩一類的事，也許是求之人世而不可得，乃轉而求諸鬼狐吧。

英國人

導讀

　　1924－1929 年，老舍先生曾在英國倫敦大學東方學院擔任中文講師，對英國的人情世故有較為深入的了解。從 1936 年起，他在《西風》雜誌上發表了系列散文「留英回憶」。這篇《英國人》作為其中「之一」，載於該刊 9 月 1 日第 1 期（現收入《老舍全集》第 14 卷）。作者以幽默的口吻談了自己「由觀察得來的印象」和一些「概括的論斷」，介紹了英國人的性格特點和處世準則。

　　文章前一部分談英國人的「彆扭」，後一部分談他們的「好處」，先抑後揚。英國人難交朋友、難以接近，而且不願答理生人，「規矩」多，「不許說的事」也多，「成見」大而「識見」少，原因在於「多數的英國人願當魯濱孫，萬事不求人。於是他們對別人也就不願多伸手管事」。就連他們的「禮貌與體面」，也是一種使人保持距離的「武器」。但是英國人也有「許多好處」，包括「很正直」、「很體諒人，很大方」、「有獨立的意見」、有「幽默勁兒」、「沒火氣」、「不吹牛」、「很好相處」、「對事認真」等等。作者形容英國人「態度雖是那麼沉默孤高，像有心事的老驢似的，可是他心中很能幽默一氣」，真是幽默、傳神的妙喻。又說「幽默助成他作個貞脫兒曼」，即使其成為「紳士」（gentleman）也。

　　據我看，一個人即使承認英國人民有許多好處，大概也不會因為這個而樂意和他們交朋友。自然，一個有金錢與地位的人，走到哪裏也會受歡迎；不過，在英國也比在別國多些限制。比如以地位說吧，假如一個作講師或助教的，要是到了德國或法國，一定會有些人稱呼他「教授」。不管是出於誠心吧，還是捧場；反正這是承認教師有相當的地位，是很顯然的，在英國，除非他真正是位教授，絕不會有人來招呼他。而且，這位教授假若不是牛津或劍橋的，也就還差點勁兒。貴族也是如此，似乎只有英國國產貴族才能算數兒。

　　至於一個平常人，儘管在倫敦或其他的地方住上十年八載，也未必能交上一個朋友。是的，我們必須先交代明白，在資本主義的社會裏，大家一天到晚為生活而奔忙，實在找不出閒工夫去交朋友；歐西各國都是如此，英國並非例外。不過，即使我們承認這個，可是英國人還有些特別的地方，使我們更難接近。一個法國人見着個生人，能夠非常的親熱，越是因為這個生人的法國話講得不好，他才越願指導他。英國人呢，他以為天下沒有會講英語的，除了他們自己，他乾脆不願答理一個生人。一個英國人想不到一個生人可以不明白英國的規矩，而是一見到生人說話行動有不對的地方，馬上認為這個人是野蠻，不屑於再招呼他。英國的規矩又偏偏是那麼多！他不能想像到別人可以沒有這些規矩，而另有一套；不，英國的是一切；設若別處沒有那麼多的霧，那根本不能算作真正的天氣！

　　除了規矩而外，英國人還有好多不許說的事：家中的事，個人的職業與收入，通通不許說，除非彼此是極親近的

人。一個住在英國的客人，第一要學會那套規矩，第二要別亂打聽事兒，第三別談政治，那麼，大家只好談天氣了，而天氣又是那麼不得人心。自然，英國人很有的說，假若他願意：他可以講論賽馬、足球、養狗、高爾夫球等等；可是咱又許不大曉得這些事兒。結果呢，只好對愣着。對了，還有宗教呢，這也最好不談。每個英國人有他自己開闢的到天堂之路，乘早兒不用惹麻煩。連書籍最好也不談，一般地說，英國人的讀書能力與興趣遠不及法國人。能唸幾本書的差不多就得屬於中等階級，自然我們所願與談論書籍的至少是這路人。這路人比誰的成見都大，那麼與他們閒話書籍也是自找無趣的事。多數的中等人拿讀書 —— 自然是指小說了 —— 當作一種自己生活理想的佐證。一個普通的少女，長得有個模樣，嫁了個駛汽車的；在結婚之夕才證實了，他原來是個貴族，而且承襲了樓上有鬼的舊宮，專是壁上的掛圖就值多少百萬！讀慣這種書的，當然很難想到別的事兒，與他們談論書籍和搗亂大概沒有甚麼分別。中上的人自然有些識見了，可是很難遇到啊。況且有些識見的英國人，根本在英國就不大被人看得起；他們連拜倫、雪萊、和王爾德還都逐出國外去，我們想跟這樣人交朋友 —— 即使有機會 —— 無疑的也會被看作成怪物的。

我真想不出，彼此不能交談，怎能成為朋友。自然，也許有人說：不常交談，那麼遇到有事需要彼此的幫忙，便丁對丁，卯對卯地去辦好了；彼此有了這樣乾脆了當的交涉與接觸，也能成為朋友，不是嗎？是的，求人幫助是必不可免的事，就是在英國也是如是；不過英國人的脾氣還是以能

不求人為最好。他們的脾氣即是這樣，他們不求你，你也就不好意思求他了。多數的英國人願當魯濱孫，萬事不求人。於是他們對別人也就不願多伸手管事。況且，他們即使願意幫忙你，他們是那樣的沉默簡單，事情是給你辦了，可是交情仍然談不到。當一個英國人答應了你辦一件事，他必定給你辦到。可是，跟他上火車一樣，非到車已要開了，他不露面。你別去催他，他有他的穩當勁兒。等辦完了事，他還是不理你，直等到你去謝謝他，他才微笑一笑。到底還是交不上朋友，無論你怎樣上前巴結。假若你一個勁兒奉承他或討他的好，他也許告訴你：「請少來吧，我忙！」這自然不是說，英國就沒有一個和氣的人。不，絕不是。一個和氣的英國人可以說是最有禮貌，最有心路，最體面的人。不過，他的好處只能使你欽佩他，他有好些地方使人不便和他套交情。他的禮貌與體面是一種武器，使人不敢離他太近了。就是頂和氣的英國人，也比別人端莊得多；他不喜歡法國式的親熱——你可以看見兩個法國男人互吻，可是很少見一個英國人把手放在另一個英國人的肩上，或摟着脖兒。兩個很要好的女友在一塊兒吃飯，設若有一個因為點兒原故而想把自己的菜讓給友人一點，你必會聽到那個女友說：「這不是羞辱我嗎？」男人就根本不辦這樣的傻事。是呀，男人對於讓酒讓煙是極普遍的事，可是只限於煙酒，他們不會肥馬輕裘與友共之。

這樣講，好像英國人太彆扭了。彆扭，不錯；可是他們也有好處。你可以永遠不與他們交朋友，但你不能不佩服他們。事情都是兩面的。英國人不願輕易替別人出力，他可

也不來討厭你呀。他的確非常高傲，可是你要是也沉住了氣，他便要佩服你。一般地說，英國人很正直。他們並不因為自傲而蠻不講理。對於一個英國人，你要先估量估量他的身份，再看看你自己的價值，他要是像塊石頭，你頂好像塊大理石；硬碰硬，而你比他更硬。他會承認他的弱點。他能夠很體諒人，很大方，但是他不願露出來；你對他也頂好這樣。設若你準知道他要向燈，你就頂好也先向燈，他自然會向火；他喜歡表示自己有獨立的意見。他的意見可老是意見，假若你說得有理，到辦事的時候他會犧牲自己的意見，而應怎麼辦就怎麼辦。你必須知道，他的態度雖是那麼沉默孤高，像有心事的老驢似的，可是他心中很能幽默一氣。他不輕易向人表示親熱，可也不輕易生氣，到他說不過你的時候，他會以一笑了之。這點幽默勁兒使英國人幾乎成為可愛的了。他沒火氣，他不吹牛，雖然他很自傲自尊。

　　所以，假若英國人成不了你的朋友，他們可是很好相處。他們該辦甚麼就辦甚麼，不必你去套交情；他們不因私交而改變作事該有的態度。他們的自傲使他們對人冷淡，可是也使他們自重。他們的正直使他們對人不客氣，可也使他們對事認真。你不能拿他當作吃喝不分的朋友，可是一定能拿他當個很好的公民或辦事人。就是他的幽默也不低級討厭，幽默助成他作個貞脫兒曼[1]，不是弄鬼臉逗笑。他並不老實，可是他大方。

① 　貞脫兒曼，Gentleman 的音譯，紳士。

他們不愛着急，所以也不好講理想。胖子不是一口吃起來的，烏托邦也不是一步就走到的。往壞了說，他們只顧眼前；往好裏說，他們不烏煙瘴氣。他們不愛聽世界大同，四海兄弟，或那頂大頂大的計劃。他們願一步一步慢慢地走，走到哪裏算哪裏。成功呢，好；失敗呢，再幹。英國兵不怕打敗仗。英國的一切都好像是在那兒敷衍呢，可是他們在各種事業上並不是不求進步。這種騎馬找馬的辦法常常使人以為他們是狡猾，或守舊；狡猾容或有之，守舊也是真的，可是英國人不在乎，他有他的主意。他深信常識是最可寶貴的，慢慢走着瞧吧。蕭伯納 [2] 可以把他們罵得狗血噴頭，可是他們會說：「他是愛爾蘭的呀！」他們會隨着蕭伯納笑他們自己，但他們到底是他們 —— 蕭伯納連一點辦法也沒有！

這些，可只是個簡單的，大概的，一點由觀察得來的印象。一般地說，也許人致不錯；應用到某一種或某一個英國人身上，必定有許多欠妥當的地方。概括的論斷總是免不了危險的。

---

[2] 蕭伯納（1856—1950），愛爾蘭劇作家，曾獲諾貝爾文學獎。

相片

◖ **導讀**

本文是老舍先生的一篇頗具代表性的幽默文章，原載於 1936 年 9 月 5 日《逸經》第 13 期，現收入《老舍全集》第 15 卷。

文章開門見山，「在今日的文化裏，相片的重要……」就是全文的主題。這一段極言「這個世紀整個的是『照相世紀』」，沒有相片「簡直沒法活下去！」下面就依次説到相片在家庭裏的好處了：相片沒有被盜、被搶的「危險」，因為「誰也不會把你父親的相偷去當他的爸爸」；相片「雅俗共賞」，「人人能看得懂」，「就是照得不見佳也會有人誇好」；「有相片就有話説，不至於賓主對愣着」；遇上兩位「話不投緣」、可能發生「衝突」的客人，兩個「相片本子」就是「調停」的「無價之寶」；「趕到朋友多的時候」，「相片本子可以替你招待客人」等等。

就像相片只是避免賓主無話可説的談資一樣，「相片」在本文中也不過是個話題而已，作者借題發揮，如説單口相聲，呈現給讀者的是精彩的人間喜劇和高妙的人生智慧。照相的説：「請笑一點！」老舍先生説：「你笑就是了。」閱讀《相片》，你一定會笑個不停的。

　　在今日的文化裏，相片的重要幾乎勝過了音樂、圖畫與雕刻等等。在一個摩登的家庭裏，沒有留聲機，沒有名人字畫，沒有石的或銅的刻像，似乎還可以下得去；設若沒幾張相片，或一二相片本子，簡直沒法活下去！不用說是一個家庭，就是舖戶、旅館、火車站、學生宿舍，沒有相片就都不像一回事。電車上「謹防扒手」的下面要是沒有幾片四寸的半身照相，就一定顯着空洞。水手們身上要是不帶着幾張最寫實不過的妖精打架二寸藝術照相，恐怕海上的生活就要加倍難堪了。想想看，一個設備很完全的學校，而沒有年刊或同學錄，一個政府機關裏而沒些張窄長的這個全體與那個周年的相片！至於報紙與雜誌，哼，就是把高爾基的相誤註為托爾斯泰的，也比空空如也強！投考、領護照、定婚、結婚、拜盟兄弟，哪一樣可以沒有相片？即使你天生來的反對照相，你也得去照；不然，你就連學校也不要入，連太太也不用娶，你乘早兒不用犯這個牛脖子 ——「請笑一點」，你笑就是了。兒童、婦女、國貨、航空，都有「年」。年，究竟是年，今年甲子，明年乙丑，過去就完事；至於照相，這個世紀整個的是「照相世紀」；想想，你逃得出去嗎？

　　還是先說家庭吧。比如你的屋中掛着名家的字畫，還有些古玩，雅是雅了，可是第一你就得防賊，門上加雙鎖，窗上加鐵柵，連這樣，夜間有個風聲草動，你還得咳嗽幾聲；設若是明火，進來十幾位蒙面的好漢，大概你連咳嗽也不敢了。這何苦呢？相片就沒這種危險，誰也不會把你父親的相偷去當他的爸爸，這不是實話麼？

　　就滿打沒這個危險，藝術作品或古玩也遠不及相片的

親切與雅俗共賞。一張名畫，在普通的人眼中還不如理髮館壁上所懸的「五福臨門」，而你的朋友親戚不見得沒有普通人。你誇獎你的名畫，他說看不上眼，豈不就得打吵子？相片人人能看得懂，而且就是照得不見佳也會有人誇好。比如令尊的相片加了漆金框懸在牆上，多麼笨的人也不會當着你的面兒說：「令尊這個相還不如五福臨門好看！」絕對不會。即使那個相真不好看，人家也得說：「老爺子福相，福相！」至不濟，也會誇獎句：「框子配得真好！」

以此類推，尊家自己，尊夫人，令郎令嬡，都有相片，都能得到好評，這夠多麼快活呢？！況且相片遮醜，尊家面上的麻子，與尊夫人臉上的小沙漠似的雀斑，都不至於照上；你自己看着起勁，朋友們也不必會問：「照片上怎麼忘掉你的麻子？」站在一張圖畫前面，不管懂與否，誰都想批評批評，為表示自己高明，當着一個人，誰也不願對他的面貌發表意見；看相片也是如此。

有相片就有話說，不至於賓主對愣着。

「這是大少爺吧？」

「可不是！上美國讀書去了。」

「近來有信吧？」

打這兒，就由大少爺談到美國，又由美國談回來，碰巧了就二反投唐再談回美國去，話是越說越多，而且可以指點着相片而談，有詩為證：句句是真，交情乃厚。

最好是有一二相片本子。提到大少爺，馬上拿出本子來：

「這是他滿月時候照的，他生在福州，那時先嚴正在福州做官。」話又遠去了，足夠寫三四本書的。假若沒有這可

寶貴的本子，你怎好意思突乎其來地説：先嚴在福州做過官？而使朋友嚇一跳，當是你的腦子有毛病。

遇上兩位話不投緣，而屢有衝突起來的危險的客人，相片本子 —— 頂好是有兩本 —— 真是無價之寶。一看兩位的眼神不對，你應當很自然地一人遞給一本。他們正在，比如説，為袁世凱是否偉人而要瞪眼的時候，你把大少爺生在福州，和二小姐已經定婚的照片翻開，指示給他們。他們一個看福州生的胖小子，一個看將要成為新娘子的二小姐，自然思想換了地方，一個問你一套話，而袁世凱或者不成為問題了。要不然，這個有很大的危險。假若你沒有相片本子，而二位抓住袁世凱不撒手，你要往折衷裏一説，説二位各有各的理，他們一定都衝着你來了；寡不敵眾，你沒調停好，還弄一鼻子灰。你要是向着一邊説話，不用説，那就非得罪一邊不可，也許因此而飛起茶碗 —— 在你家裏，茶碗自然是你的。你要是一聲不出，聽着他們吵，趕到彼此已説無可説而又不想打架的時候，他們就會都抱怨你不像個朋友。你若是不分青紅皂白而把客人一齊逐出去，那就更糟，他們也許在你的門口吵嚷一陣，而同聲地罵你不懂交情。總之，你非預備兩個本子不可！

趕到朋友多的時候，你只有一張嘴，無論如何也應酬不過來，相片本子可以替你招待客人。找那不愛説話的，和那頂愛説話的，把本子送過去；那位一聲不出的可以不至死板板地坐在那裏，那位包辦説話的也不好再轉着彎兒接四面八方的話。把這兩極端安置好，你便可以從容對付那些中庸的客人了。這比茶點果子都更有效。愛説話的人，寧可犧牲了

點心，也不放棄説話。至於茶，就更不擋事；愛説話的人會一勁兒地説，直等茶涼了，一口灌下去，趕緊接着再説。果子也不行，有人不喜歡吃涼的，讓到了他，他還許擺出些譜兒來：「一向不大動涼的，不過偶爾的吃一個半個的，假如有玫瑰香葡萄之類！」你聽，他是挖苦你沒預備好果子。相片本子既比茶點省錢，又不至被人拒絕，大概誰也不會説，「一向討厭看相片！」

相片裏有許多人生的姿體，打開一本照相，你可以有許多帶着感情的話。假若你現在的事由不如從前了，看看相片，你可以對友人説：「這是前十年的了，那時候還不像這麼狼狽！」這種牢騷是哀而不傷的，因為現在狼狽，並不能抹殺過去的光榮，回憶永是甜美的，對於兄弟兒女，都能起這種柔善的感情：「看，這是當年的老六，多麼體面，誰能想到他會⋯⋯」你雖然依舊恨着老六，可是看着當年的照片，你到底想要原諒他。看着相片説些富有感情的話，你自己痛快，別人聽着也夠味兒。設若你會作詩的話，頂好在相片邊題上些小詩，就更見出人生的味道。

不過，有些相片是不好擺進本子去的，你應當留神。歪戴帽或弄鬼臉的，甚至於扮成十三妹的相片，都可以貼上，因為這足以表示你頗天真，雖然你在平日是個完全的君子人，可是心田活潑潑的，也能像孩子般的淘氣，這更見英雄的本色。至於背着尊夫人所接到的女友小照，似乎就不必公開地展覽。爽直是可貴的，可是也得有個分寸。這個，你自然曉得；不過，我更囑咐你一句：這類的相片就是藏起來也得要十分的嚴密，太太們對這種玩藝是特別注意的。

想北平

導讀

　　北平即北京，是老舍先生的故鄉。他「生在那裏，一直到廿七歲才離開」。《想北平》寫於作者執教山東大學期間，發表於1936 年 6 月 16 日《宇宙風》第 19 期特大號「北平特輯」，現收入《老舍全集》第 14 卷。

　　文章以純淨、優美、親切的語言，描繪了「我的北平」的詩情畫意，表達了作者對故鄉的「要說而說不出」的摯愛。為了深化「我真愛北平」的主題，作者把對北平的愛與對母親的愛相提並論，強調北平就像母親一樣，對自己影響至深 ── 它是「整個兒與我的心靈相黏合的一段歷史，一大塊地方」，「它是在我的血裏，我的性格與脾氣裏有許多地方是這古城所賜給的」。在與巴黎等世界歷史名城的對比中，作者凸現了北平的「動中有靜」和「人為之中顯出自然」，回味了自己當年「快樂」、「安適」的生活情景。文章還如數家珍地描述了北平的「書多古物多」，「花多菜多果子多」。最後一句發自肺腑的「真想念北平呀！」作者「要落淚了」，讀者也深受感染，久難釋懷。

設若讓我寫一本小說,以北平作背景,我不至於害怕,因為我可以撿着我知道的寫,而躲開我所不知道的。讓我單擺浮攦地講一套北平,我沒辦法。北平的地方那麼大,事情那麼多,我知道的真覺太少了,雖然我生在那裏,一直到廿七歲才離開。以名勝說,我沒到過陶然亭,這多可笑!以此類推,我所知道的那點只是「我的北平」,而我的北平大概等於牛的一毛。

可是,我真愛北平。這個愛幾乎是要說而說不出的。我愛我的母親。怎樣愛?我說不出。在我想做一件事討她老人家喜歡的時候,我獨自微微地笑着;在我想到她的健康而不放心的時候,我欲落淚。言語是不夠表現我的心情的,只有獨自微笑或落淚才足以把內心揭露在外面一些來。我之愛北平也近乎這個。誇獎這個古城的某一點是容易的,可是那就把北平看得太小了。我所愛的北平不是枝枝節節的一些甚麼,而是整個兒與我的心靈相黏合的一段歷史,一大塊地方,多少風景名勝,從雨後什刹海的蜻蜓一直到我夢裏的玉泉山的塔影,都積湊到一塊,每一小的事件中有個我,我的每一思念中有個北平,這只有說不出而已。

真願成為詩人,把一切好聽好看的字都浸在自己的心血裏,像杜鵑似的啼出北平的俊偉。啊!我不是詩人!我將永遠道不出我的愛,一種像由音樂與圖畫所引起的愛。這不但是辜負了北平,也對不住我自己,因為我的最初的知識與印象都得自北平,它是在我的血裏,我的性格與脾氣裏有許多地方是這古城所賜給的。我不能愛上海與天津,因為我心中有個北平。可是我說不出來!

倫敦，巴黎，羅馬與堪司坦丁堡①，曾被稱為歐洲的四大「歷史的都城」。我知道一些倫敦的情形；巴黎與羅馬只是到過而已；堪司坦丁堡根本沒有去過。就倫敦，巴黎，羅馬來說，巴黎更近似北平 —— 雖然「近似」兩字要拉扯得很遠 —— 不過，假使讓我「家住巴黎」，我一定會和沒有家一樣地感到寂苦。巴黎，據我看，還太熱鬧。自然，那裏也有空曠靜寂的地方，可是又未免太曠；不像北平那樣既複雜而又有個邊際，使我能摸着 —— 那長着紅酸棗的老城牆！面向着積水潭，背後是城牆，坐在石上看水中的小蝌蚪或葦葉上的嫩蜻蜓，我可以快樂地坐一天，心中完全安適，無所求也無可怕，像小兒安睡在搖籃裏。是的，北平也有熱鬧的地方，但是它和太極拳相似，動中有靜。巴黎有許多地方使人疲乏，所以咖啡與酒是必要的，以便刺激；在北平，有溫和的香片茶就夠了。

論說巴黎的佈置已比倫敦羅馬勻調得多了，可是比上北平還差點事兒。北平在人為之中顯出自然，幾乎是甚麼地方既不擠得慌，又不太僻靜：最小的胡同裏的房子也有院子與樹；最空曠的地方也離買賣街與住宅區不遠。這種分配法可以算 —— 在我的經驗中 —— 天下第一了。北平的好處不在處處設備得完全，而在它處處有空兒，可以使人自由地喘氣；不在有好些美麗的建築，而在建築的四周都有空閒的地

---

① 堪司坦丁堡，通譯君士坦丁堡，現名為伊斯坦布爾，土耳其城市。君士坦丁堡歷史悠久，曾是拜占庭帝國的首都。

方，使它們成為美景。每一個城樓，每一個牌樓，都可以從老遠就看見。況且在街上還可以看見北山與西山呢！

好學的，愛古物的，人們自然喜歡北平，因為這裏書多古物多。我不好學，也沒錢買古物。對於物質上，我卻喜愛北平的花多菜多果子多。花草是種費錢的玩藝，可是此地的「草花兒」很便宜，而且家家有院子，可以花不多的錢而種一院子花，即使算不了甚麼，可是到底可愛呀！牆上的牽牛，牆根的靠山竹與草茉莉，是多麼省錢省事而也足以招來蝴蝶呀！至於青菜，白菜，扁豆，毛豆角，黃瓜，菠菜等等，大多數是直接由城外擔來而送到家門口的。雨後，韭菜葉上還往往帶着雨時濺起的泥點。青菜攤子上的紅紅綠綠幾乎有詩似的美麗。果子有不少是由西山與北山來的，西山的沙果，海棠，北山的黑棗，柿子，進了城還帶着一層白霜兒呀！哼，美國的橘子包着紙；遇到北平的帶霜兒的玉李，還不愧殺！

是的，北平是個都城，而能有好多自己產生的花，菜，水果，這就使人更接近了自然。從它裏面説，它沒有像倫敦的那些成天冒煙的工廠；從外面説，它緊連着園林，菜圃與農村。採菊東籬下，在這裏，確是可以悠然見南山的；大概把「南」字變個「西」或「北」，也沒有多少了不得的吧。像我這樣的一個貧寒的人，或者只有在北平能享受一點清福了。

好，不再説了吧；要落淚了，真想念北平呀！

英國人與貓狗

導讀

　　《英國人與貓狗》是老舍先生的「留英回憶之四」，原載於 1937 年 6 月 1 日《西風》第 10 期，現收入《老舍全集》第 15 卷。

　　文章開篇即點題：「英國人愛花草，愛貓狗。」然後從中國人的視角看，「愛花草是理之當然」，「愛貓狗」卻不但「奇怪」，而且「愛得有些過火了」。下面詳細談論英國人如何「普遍的」愛動物，如何「優待」「最富獨立性」的貓和「天生來的會討人喜歡」的狗，如何「捨不得騾馬」、「對於牛羊雞豬也都很愛惜」。至此可知，題目中的「貓狗」只是這些動物的代表而已，全文並非只講愛貓愛狗的事。在談論英國人愛護各種動物的過程中，作者不時聯想到中國「倒霉」的「畜類」，如「骨瘦如柴」的狗、「皮包不住骨」的牲口等，在鮮明的對比中反思「我們特有的哲學」「也真夠殘忍的」。

　　本文以大量的事例、細膩生動的描寫、特寫鏡頭式的生活場景，表現了英國人把動物當朋友的「愛物的仁慈」，也表達了作者對於國人虐待動物的殘忍行為的反省和反對。

英國人愛花草，愛貓狗。由一個中國人看呢，愛花草是理之當然，自要有錢有閒，種些花草幾乎可與藏些圖書相提並論，都是可以用「雅」字去形容的事。就是無錢無閒的，到了春天也免不花掉幾個銅板買上一兩小盆蝴蝶花甚麼的，或者把白菜腦袋塞在土中，到時候也會開上幾朵小十字花兒。在詩裏，讚美花草的地方要比諛頌美人的地方多得多，而梅蘭竹菊等等都有一定的品格，彷彿比人還高潔可愛可敬，有點近乎一種甚麼神明似的。在通俗的文藝裏，講到花神的地方也很不少，愛花的人每每在死後就被花仙迎到天上的植物園去。這點荒唐，荒唐得很可愛。雖然裏邊還是含着與敬財神就得元寶一樣的實利念頭，可到底顯着另有股子勁兒，和財迷大有不同；我自己就不反對被花娘娘們接到天上去玩玩。

所以，看見英國人的愛花草，我們並不覺得奇怪，反倒是覺得有點慚愧，他們的花是那麼多呀！在熱鬧的買賣街上，自然沒有種花草的地方了，可是還能看到賣「花插」的女人，和許多鮮花舖。稍講究一些的飯舖酒館自然要擺鮮花了。其他的舖戶中也往往擺着一兩瓶花，四五十歲的掌櫃們在肩下插着一朵玫瑰或虞美人也是常有的事。趕到一走到住宅區，看吧，差不多家家有些花，園地不大，可收拾得怪好，這兒一片鬱金香，那兒一片玫瑰，門道上還往往搭着木架，爬着那單片的薔薇，開滿了花，就和圖畫裏似的。越到鄉下越好看，草是那麼綠，花是那麼鮮，空氣是那麼香，一個中國人也有點慚愧了。五六月間，趕上晴暖的天，到鄉下去走走，真是件有造化的事，處處都像公園。

一提到貓狗和其他的牲口，我們便不這麼起勁了。中國學生往往給英國朋友送去一束鮮花，惹得他們非常的歡喜。可是，也往往因為討厭他們的貓狗而招得他們撇了嘴。中國人對於貓狗牛馬，一般地說，是以「人為萬物靈」為基礎而直呼牠們作畜類的。正人君子呢，看見有人愛動物，總不免說聲「聲色狗馬，玩物喪志」。一般的中等人呢，養貓養狗原為捉老鼠與看家，並不須賞牠們個好臉兒。那使著牲口的苦人呢，鞭子在手，急了就發威，又困於經濟，牠們的食水待遇活該得按著啞巴畜生辦理。於是大概地說，中國的牲口實在有點倒霉；太監懷中的小巴狗，與闊寡婦椅子上的小白貓，自然是碰巧了的例外。畜類倒霉，已經看慣，所以法律上也沒有甚麼規定；虐待丫頭與媳婦本還正大光明，啞巴畜生更無處訴委屈去；黑驢告狀也並沒陳告牠自己的事。再說，秦檜與曹操這輩子為人作歹，下輩便投胎豬狗，吃點啞巴虧才正合適。這樣，就難怪我們覺得英國人對貓狗愛得有些過火了。說真的，他們確是有點過火；不過，要從貓狗自己看呢，也許就不這麼說了吧？狗齕食人食，而有些人卻沒飯吃，自然也不能算是公平，但是普遍的有一種愛物的仁慈，也或者無礙於禮教吧！

英國人的愛動物，真可以說是普遍的。有人說，這是英國人的海賊本性還沒有蛻淨，所以總拿狗馬當作朋友似的對待。據我看，這點賊性倒怪可愛；至少狗馬是可以同情這句話的。無事可做的小姐與老太婆自然要弄條小狗玩玩了 —— 對於這種小狗，無論牠長得多麼不順眼，你可就是別說不可愛呀！ —— 就是賣煤的煤黑子，與送牛奶的人，

也都非常愛惜他們的馬。你想不到拉煤車的馬會那麼馴順、體面、乾淨。煤黑子本人遠不如他的馬漂亮，他好像是以他的馬當作他的光榮。煤車被叫住了，無論是老幼男女，跟煤黑子要過幾句話，差不多總是以這匹馬作中心。有的過去拍拍馬脖子，有的過去吻一下，有的給拿出根胡蘿蔔來給牠吃。他們看見一匹馬就彷彿外婆看見外孫子似的，眼中能笑出一朵花兒來。英國人平常總是拉着長臉，像頂着一腦門子官司，假若你打算看看他們也有個善心，也和藹可愛，請你注意當他們立在一匹馬或拉着條狗的時候。每到春天，這些拉車的馬也有比賽的機會。看吧，煤黑子弄了瓶擦銅油，一邊走一邊擦馬身上的銅活呀。馬鬃上也掛上彩子或用各色的繩兒梳上辮子，真是體面！這麼看重他們的馬，當然的在平日是不會給氣受的，而且載重也有一定的限度，即使有狠心的人，法律也不許他任意欺侮牲口。想起北平的煤車，當雨天陷在泥中，煤黑子用支車棍往馬身上掄，真要令人喊「生在禮教之邦的馬喲！」

貓在動物裏算是最富獨立性的了，牠高興呢就來爬在你懷中，囉哩囉嗦地不知道唸着甚麼。牠要是不高興，任憑你說甚麼，牠也不答理。可是，英國人家裏的貓並不因此而少受一些優待。早晚他們還是給牠魚吃，牛奶喝，到家主旅行去的時候，還要把牠寄放到「託貓所」去，花不少的錢去餵養着；趕到旅行回來，便急忙把貓接回來，乖乖寶貝地叫着。及至老貓不吃飯，或小貓摔了腿，便找醫生去拔牙、接腿，一家子都忙亂着，彷彿有了甚麼了不得的事。

狗呢，就更不用說，天生來的會討人喜歡，作走狗，自

然會吃好的喝好的。小哈巴狗們,在冬天,得穿上背心;出門時,得抱着;臨睡的時候,還得吃塊糖。電影院、戲館,禁止狗們出入,可是這種小狗會「走私」,爬在老太婆的袖裏或衣中,便也去看電影聽戲,有時候一高興便叫幾聲,招得老太婆頭上冒汗。大狗雖不這麼嬌,可也很過得去。腳上偶一不慎黏上一點路上的柏油,便立刻到狗醫院去給套上一隻小靴子,傷風咳嗽也須吃藥,事兒多了去啦。可是,牠們也真是可愛,有的會送小兒去上學,有的會給主人叼着東西,有的會耍幾套玩藝;白天不咬人,晚上可挺厲害。你得聽英國人們去說狗的故事,那比人類的歷史還熱鬧有趣。人家、獵戶、軍隊、警察所、牧羊人,都養狗,都愛狗。狗種也真多,大的、小的、寬的、細的、長毛的、短毛的,每種都有一定的尺寸,一定的長度,買來的時候還帶着家譜,理直氣壯,一點不含糊!那真正入譜的,身價往往值一千鎊錢!

年年各處都有賽貓會、賽狗會。參與比賽的貓狗自然必定都有些來歷,就是那沒資格入會的也都肥胖精神。這就不能不想起中國的狗了,在北平,在天津,在許多大城市裏,去看看那些狗,天下最醜的東西!骨瘦如柴,一天到晚連尾巴也不敢撅起來一回,太可憐了,人還沒有飯吃,似乎不必先為狗發愁吧,那麼,我只好替牠們禱告,下輩子不要再投胎到這兒來了!

簡直沒有一個英國人不愛馬。那些專作賽馬用的,不用說了,自然是老有許多人伺候着;就是那平常的馬,無論是拉車的,還是耕地的,也都很體面。有一張卡通,記得,畫

的是「馬之將來」，將來的軍隊有飛機坦克車去衝殺陷陣，馬隊自然要消滅了；將來的運輸與車輛也用不着騾馬們去拖拉，於是馬怎麼辦呢？這張卡通 —— 英國人畫的 —— 上說，牠們就要成了貓狗：客廳裏該趴着貓，將來是趴着匹馬；老太婆上街該拉着狗，將來便牽着匹騾子。這未必成為事實，可是足見他們是怎樣的捨不得騾馬了。

除了貓狗騾馬，他們對於牛羊雞豬也都很愛惜，這是要到鄉間才可以看見的。有一回到鄉間去看了朋友，他的祖父是個農夫，養着許多豬與雞。老人的雞都有名字，叫哪個，哪個就跑來。老人最得意的是他的那些肥豬，真是乾淨可愛。可是，有一天下了雨，肥豬們都下了泥塘，弄得滿身是稀泥；把老人差點氣壞了。總而言之，他們對牲口們是盡到力量去愛護，即使是為殺了吃肉的，反正在牠們活着的時候總不受委屈。中國有許多人提倡吃素禁屠，可是往往寺院裏放生的牲口皮包不住骨，別處的畜類就更不必說了。好死不如賴活着，是我們特有的哲學，可也真夠殘忍的。

對於魚鳥鴿蟲，英國人不如我們會養會玩，養這些玩藝的也就很少。賣貓狗的舖子裏不錯也賣鸚鵡、小兔、小龜和碧玉鳥甚麼的，可是養鳥的並不懂教給牠們怎樣的叫成套數。據說，他們在老年間也鬥雞鬥鵪鶉，現在已被禁止，因為太殘忍。我們似乎也該把鬥蟋蟀甚麼的禁止了吧？也不是怎麼的，我總以為小時候愛鬥蟋蟀，長大了也必愛去看槍斃人；沒有實地地測驗過，此說容或不能成立；再說，還許是一點婦人之仁，根本要不得呢。

五月的青島

導讀

　　老舍先生曾在《青島與山大》一文中這樣讚美青島：「在這以塵沙為霧，以風暴為潮的北國裏，青島是顆綠珠。」《五月的青島》就聚焦於「初春淺夏」時節，描繪了這顆「綠珠」多姿多彩、鮮活動人的美景。

　　首先寫花，突出表現各種花草的色與香。然後寫海，重點呈現海的「綠意無限」：「綠，鮮綠，淺綠，深綠，黃綠，灰綠，各種的綠色，聯接着，交錯着，變化着，波動着，一直綠到天邊，綠到山腳，綠到漁帆的外邊去。」文筆細膩而富有動態，引人入勝，啟人遐想。寫花寫海都是寫自然景觀，下面寫到人的活動：穿衣，特別是「姑娘們總先走一步，迎上前去，跟花們競爭一下」，展現出「女性的偉大」和春日的「畫意」；還有學生和小孩的室外活動，以及人們為「夏天的生意」所做的各種「預備」。這些活動都寫得文字輕快，生動傳神，畫面感很強，給人深刻的印象。

　　結尾部分略顯沉重，寫道盛夏時節，「青島幾乎不屬於青島的人了」，間接表達了作者對於「避暑的外國戰艦與各處的闊人」的不滿，和對「誰的錢多誰更威風」的社會現實的無奈。本文原載於 1937 年 6 月 16 日《宇宙風》第 43 期，現收入《老舍全集》第 14 卷。

因為青島的節氣晚，所以櫻花照例是在四月下旬才能盛開。櫻花一開，青島的風霧也擋不住草木的生長了。海棠，丁香，桃，梨，蘋果，藤蘿，杜鵑，都爭着開放，牆角路邊也都有了嫩綠的葉兒。五月的島上，到處花香，一清早便聽見賣花聲。公園裏自然無須說了，小蝴蝶花與桂竹香們都在綠草地上用它們的嬌豔的顏色結成十字，或繡成幾團；那短短的綠樹籬上也開着一層白花，似綠枝上掛了一層春雪。就是路上兩旁的人家也少不得有些花草：圍牆既矮，藤蘿往往順着牆把花穗兒懸在院外，散出一街的香氣；那雙櫻，丁香，都能在牆外看到，雙櫻的明豔與丁香的素麗，真是足以使人眼明神爽。

　　山上有了綠色，嫩綠，所以把松柏們比得發黑了一些。谷中不但填滿了綠色，而且頗有些野花，有一種似紫荊而色兒略略發藍的，折來很好插瓶。

　　青島的人怎能忘下海呢。不過，說也奇怪，五月的海就彷彿特別得綠，特別得可愛，也許是因為人們心裏痛快吧？看一眼路旁的綠葉，再看一眼海，真的，這才明白了甚麼叫作「春深似海」。綠，鮮綠，淺綠，深綠，黃綠，灰綠，各種的綠色，聯接着，交錯着，變化着，波動着，一直綠到天邊，綠到山腳，綠到漁帆的外邊去。風不涼，浪不高，船緩緩地走，燕低低地飛，街上的花香與海上的鹹味混到一處，浪漾在空中，水在面前，而綠意無限，可不是，春深似海！歡喜，要狂歌，要跳入水中去，可是只能默默無言，心好像

飛到天邊上那將將①能看到的小島上去，一閉眼彷彿還看見一些桃花。人面桃花相映紅，必定是在那小島上。

這時候，遇上風與霧便還須穿上棉衣，可是有一天忽然響晴，夾衣就正合適。但無論怎說吧，人們反正都放了心──不會大冷了，不會。婦女們最先知道這個，早早地就穿出俐落的新裝，而且決定不再脫下去。海岸上，微風吹動少女們的髮與衣，何必再去到電影院中找那有畫意的景兒呢！這裏是初春淺夏的合響，風裏帶着春寒，而花草山水又似初夏，意在春而景如夏。姑娘們總先走一步，迎上前去，跟花們競爭一下，女性的偉大幾乎不是頹廢詩人所能明白的。

人似乎隨着花草都復活了，學生們特別地忙：換制服，開運動會，到嶗山丹山旅行，服勞役。本地的學生忙，別處的學生也來參觀，幾個，幾十，幾百，打着旗子來了，又排成隊走開，男的，女的，先生，學生，都累得滿頭是汗，而仍不住地向那大海丟眼。學生以外，該數小孩兒最快活，笨重的衣服脫去，可以到公園跑跑了；一冬天不見猴子了，現在又帶着花生去餵猴子，看鹿，拾花瓣，在草地上打滾；媽媽說了，過幾天還有大紅櫻桃吃呢！

馬車都新油飾過，馬雖依然清瘦，而車輛體面了許多，好作一夏天的買賣呀。新油過的馬車穿過街心，那專做夏天

---

① 將將，剛剛。

的生意的咖啡館、酒館、旅社、飲冰室，也找來油漆匠，掃去灰塵，油飾一新。油漆匠在交手上忙，路旁也增多了由各處來的舞女。預備呀，忙碌呀，都紅着眼等着那避暑的外國戰艦與各處的闊人。多咱[2]浴場上有了人影與小艇，生意便比花草還茂盛呀。到那時候，青島幾乎不屬於青島的人了，誰的錢多誰更威風，汽車的眼是不會看山水的。

那麼，且讓我們自己盡量地欣賞五月的青島吧！

② 多咱，方言，甚麼時候。

兔兒爺

導讀

　　所謂「兔兒爺」,「就是山東人稱為兔子王的泥人」,一般只在每年的中秋節前售賣。不過,介紹這種「每年一度很漂亮地出現於街頭」的「玩藝」,在本文只是一個「話頭」,作者的真實意圖在於以物寫人,揭露和諷刺那些像兔兒爺一樣「粉墨登場」、「粉飾昇平」的「高等漢奸」。

　　原來,1937 年 7 月底日本侵略軍佔領北平以後,於年底成立了偽「中華民國臨時政府」,許多漢奸加入這個偽政府,成為「暴敵」的「傀儡」。老舍先生由「兔兒爺這玩藝」聯想到故鄉北平的這批敗類,形象地揭示了他們卑躬屈膝、助紂為虐的醜惡嘴臉——「他們多體面,多空虛,多沒有心肝呢!」作者還由「兔子王的壽命無論如何過不去中秋」的事實,指出「那些帶活氣的兔子王」有朝一日「時節已過」,必將被「世上最兇狠」的「小日本鬼子」「弄污」或「摔碎」,終將落得個粉身碎骨的可悲下場。文章最後提議國人「自省」有無抗戰建國所需的「真實本領與浩然正氣」,更明確地表達了自己的愛國情懷與民族大義。這篇高妙的諷刺文章原載於 1938 年 10 月 30 日《彈花》第 2 卷第 1 期,現收入《老舍全集》第 15 卷。

　　我好靜，故怕旅行。自然，到過的地方就不多了。到的地方少，看的東西自然也就少。就是對於兔兒爺這玩藝也沒有看過多少種。

　　稍為熟習的只有北方幾座城：北平，天津，濟南，和青島。在這四個名城裏，一到中秋，街上便擺出兔兒爺來 —— 就是山東人稱為兔子王的泥人。兔兒爺或兔子王都是泥作的。兔臉人身，有的背後還插上紙旗，頭上罩着紙傘。種類多，作工細，要算北平。山東的兔子王樣式既少，手工也很糙。

　　泥人本有多種，可是因為不結實，所以作得都不太精細；給小兒女買玩藝兒，誰也不願多花錢買一碰即碎的呀。兔兒爺雖也係泥人，但售出的時間只在八月節前的半個月左右，與月餅同為迎時當令的東西，故不妨作得精細一些。況且小兒女們每願給兔兒爺上供，置之桌上，不像對待別種泥娃娃那麼隨便，於是也就略為減少碰碎的危險。這樣，兔兒爺便獲得較優越的地位，而能每年一度很漂亮地出現於街頭。

　　中秋又到了，北平等處的兔兒爺怎樣呢？

　　我可以想像到：那些粉臉彩衣，插旗打傘的泥人們一定還是一行行地擺在街頭，為暴敵粉飾昇平啊！

　　聽說敵人這些日子，正在北平大量地焚書，幾乎凡不是木板的圖書都可以遭到被投入火裏的厄運。學校裏，人家裏，都沒有了書，而街頭上到處擺出兔兒爺，多麼好的一種佈置呢！暴敵要的是傀儡呀！

　　友人來信，説平津大雨，連韭菜都賣到三吊錢（與重

慶的「吊」同值）一束，粗糧也賣到一毛多一斤。誰還買得起兔兒爺呢？大概也就是在市上擺幾天，給大家熱鬧熱鬧眼睛吧？

因而就想到那些高等漢奸，到時候，他們就必出來。正如桂花一開，兔子王便上市。他們的臉很體面，油光水滑的，只可惜鼻下有個三瓣子嘴，而頭上有一對長耳朵。他們的身上也花花綠綠，足下登起粉底高靴。身腔裏可是空空的，脊背有個泥團兒，為插旗傘之用；旗傘都是紙作的。他們多體面，多空虛，多沒有心肝呢！他們唯一的好處似乎只在有兩個泥膝，跪下很方便。

兔兒爺怕遇上淘氣的孩子，左搬右弄，它臉上的粉，身上的彩，便被弄污；不幸而孩子一失手，全身便變成若干小片片了。孩子並不十分傷心，有錢便能再買一個呀。幸而支持過了中秋，並未粉碎；可又時節已過，誰還有心玩兔子王呢？最聰明的傀儡也不過是些小土片呀！那些帶活氣的兔子王，越漂亮，我就越替他們擔心；小日本鬼子不但淘氣，而且是世上最兇狠的孩子啊。兔子王的壽命無論如何過不去中秋，我真想為那些粉墨登場的傀儡們落淚了。

抗戰建國須憑真實本領與浩然正氣，只能迎時當令充兔子王的，不作漢奸，也是廢物。那麼，我們不僅當北望平津，似乎也當自省一下吧？

別 忙

導讀

　　這篇短文是老舍先生關於寫作問題的「對症下藥」之談，原載於 1942 年 4 月 28 日重慶《新民報晚刊》，現收入《老舍全集》第 15 卷。作者指出青年朋友們寫作時多犯的一個「毛病」是「寫得太慌忙」，不免忙中出錯，所以他提出「寫文章不要太忙」的建議。

　　在老舍先生看來，「文藝中的言語，須是言語的精華，必須想了再想，改了再改」，不能指望靈感，因為「靈感是虛無飄渺的東西，工夫才是真實可靠的」。他還舉例說明了如何在語言上下工夫，即追求語言的「親切」與「生動」。這就要求不但要「思索字眼」，而且要「揣摩人情」，「從人情中想出來的字，才是親切的、生動的、有感情的字」。作者最後告誡青年朋友：「不要慌忙，要慢慢地來。想了又想，改了再改！這是工夫，工夫勝於靈感。」這些話對我們學習寫作很有指導意義。

近來看了不少青年朋友們寫的小說。其中有很好的，也有很不好的。那些不好的，大概都犯了一個毛病，就是寫得太慌忙。「世事多因忙裏錯」，作文章當然不是例外。文藝中的言語，須是言語的精華，必須想了再想，改了再改。有的人靈感一到，即能下筆萬言，不再增減一字。這樣人大概並不很多。而且，據我想，他之所以能下筆萬言者，或者正因為他從前下過極大的工夫，一字一句，想了再想，改了再改，日久年長，功力到了家，他才可以不必多想多改，而下筆即有把握。靈感是虛無飄渺的東西，工夫才是真實可靠的；寫文章不要太忙。

我看見這麼一句：「張着嚴肅的臉。」臉不是嘴，怎會張開？不錯，臉上的肌肉是可以鬆開一點或縮緊一點的，但鬆緊不就是開閉。再說，嚴肅的臉必是板起來的，絕不會張開。

毛病就在沒有想過！

文藝中的語言第一要親切。大家都說「板起面孔」，我就也用「板起面孔」。假若我用了「木起面孔」，人家便不會懂：雖然是木者板也，但畢竟是多此一舉。第二要生動，這就是說：把親切的語言用得最合適。比如說吧，抗戰勝利之後，我回家去看老母親，一見她老人家，我必只能叫出一聲「媽」，而眼淚隨着落下來。「媽」字親切，而又用在了合適的時候，就必然生動。假若我見了母親，而高聲地叫「我的慈愛的，多年未見的老母啊」，便不親切，也不生動，因為母子相見絕不是多用修辭的時候……

　　要想，要想，想哪個字最親切，想哪個字最好用在甚麼地點與時間！這麼一想，你便不只思索字眼，而是要揣摩人情了！從人情中想出來的字，才是親切的、生動的、有感情的字。不要慌忙，要慢慢地來。想了又想，改了再改！這是工夫，工夫勝於靈感。

母 雞

◖ 導讀

　　《母雞》是一篇精短的散文佳作，原載於 1942 年 5 月 30 日
《時事新報》副刊「青光」，現收入《老舍全集》第 15 卷。文章
記述了作者由「討厭」母雞到尊敬母雞的思想轉變，讚揚了「英
雄」的母親和「偉大」的母愛。

　　全文可分為前抑後揚兩部分：前三段數說母雞如何令人「討
厭」，然後一句「可是，現在我改變了心思」轉入對「一隻孵出一
羣小雛雞的母親」的描寫與讚揚。前一部分主要寫母雞的各種叫
聲及其帶給作者的負面感受，後一部分則重在描述母雞在各種情
況下保護、撫養、教導小雛雞的情景，表現了「雞母親」的「負
責、慈愛、勇敢、辛苦」，讓我們看到「一個母親必定就是一位英
雄。」無論寫母雞的令人討厭，還是令人起敬，都是基於作者在
生活中的細心觀察，這才有了文中細緻入微的形象刻畫。

一向討厭母雞。不知怎樣受了一點驚恐。聽吧，牠由前院嘎嘎到後院，由後院再嘎嘎到前院，沒結沒完，而並沒有甚麼理由。討厭！有的時候，牠不這樣亂叫，可是細聲細氣地，有甚麼心事似的，顫顫微微地，順着牆根，或沿着田壩，那麼扯長了聲如怨如訴，使人心中立刻結起個小疙瘩來。

牠永遠不反抗公雞。可是，有時候卻欺侮那最忠厚的鴨子。更可惡的是牠遇到另一隻母雞的時候，牠會下毒手，乘其不備，狠狠地咬一口，咬下一撮兒毛來。

到下蛋的時候，牠差不多是發了狂，恨不能使全世界都知道牠這點成績；就是聾子也會被牠吵得受不下去。

可是，現在我改變了心思，我看見一隻孵出一羣小雛雞的母親。

不論是在院裏，還是在院外，牠總是挺着脖兒，表示出世界上並沒有可怕的東西。一個鳥兒飛過，或是甚麼東西響了一聲，牠立刻警戒起來，歪着頭兒聽；挺着身兒預備作戰；看看前，看看後，咕咕地警告雞雛要馬上集合到牠身邊來！

當牠發現了一點可吃的東西，牠咕咕地緊叫，啄一啄那個東西，馬上便放下，叫牠的兒女吃。結果，每一隻雞雛的肚子都圓圓地下垂，像剛裝了一兩個湯圓兒似的，牠自己卻消瘦了許多。假若有別的大雞來搶食，牠一定出擊，把牠們趕出老遠，連大公雞也怕牠三分。

牠教給雞雛們啄食，掘地，用土洗澡；一天教多少多少次。牠還半蹲着──我想這是相當勞累的──叫牠們擠在

牠的翅下、胸下，得一點溫暖。牠若伏在地上，雞雛們有的便爬在牠的背上，啄牠的頭或別的地方，牠一聲也不哼。

　　在夜間若有甚麼動靜，牠便放聲啼叫，頂尖銳、頂悽慘，使任何貪睡的人也得起來看看，是不是有了黃鼠狼。

　　牠負責、慈愛、勇敢、辛苦，因為牠有了一羣雞雛。牠偉大，因為牠是雞母親。一個母親必定就是一位英雄。

　　我不敢再討厭母雞了。

四位先生

導讀

抗日戰爭期間，老舍先生在重慶負責中華全國文藝界抗敵協會北碚分會的工作。《四位先生》寫的就是作者在重慶的四位文友的小故事，原本是四篇散文，連續發表於 1942 年 6 月 22—25 日重慶《新民報晚刊》，後來合併為一篇收入《老舍全集》第 15 卷，總題為「四位先生」。雖然當年重慶物資匱乏，生活艱苦（這在文中多有體現），但是老舍先生依然保持了他的良好的樂觀精神和幽默感，用詼諧的語言、豐富的細節，在簡短的篇幅中把四位先生描繪得特色鮮明、如在眼前，令人過目難忘。

讀「吳組緗先生的豬」，我們從吳先生的「闊綽」（「養着一口小花豬」）和小豬生病引起的「騷動」，可以看到當時的豬肉多麼奇缺、生活多麼困難。讀「馬宗融先生的時間觀念」，我們會記住一位「跟誰都談得來，都談得有趣，很親切，很細膩」，因而總是遲到、沒有「時間觀念」的可愛又可氣的馬先生。讀「姚蓬子先生的硯台」，我們會驚異於那塊「無法形容的石硯」之破舊，更會敬佩姚先生全身心地投入工作、「被稿子埋起來了」、「辦事辦到天亮」的奉獻精神，以及作者連用妙喻寫硯台的高超技藝（「元寶之背」、「浪中之船」等）。讀「何容先生的戒煙」，我們笑何先生的失敗，更要知曉戒煙之難 ——「先上吊。後戒煙！」這可不是鬧着玩，所以千萬別學着抽煙。

吳組緗先生的豬

從青木關到歌樂山一帶，在我所認識的文友中要算吳組緗先生最為闊綽。他養着一口小花豬。據說，這小動物的身價，值六百元。

每次我去訪組緗先生，必附帶地向小花豬致敬，因為我與組緗先生核計過了：假若他與我共同登廣告賣身，大概也不會有人出六百元來買！

有一天，我又到吳宅去。給小江 —— 組緗先生的少爺 —— 買了幾個比醋還酸的桃子。拿着點東西，好搭訕着騙頓飯吃，否則就太不好意思了。一進門，我看見吳太太的臉比晚日還紅。我心裏一想，便想到了小花豬。假若小花豬丟了，或是出了別的毛病，組緗先生的闊綽便馬上不存在了！一打聽，果然是為了小花豬：牠已絕食一天了。我很着急，急中生智，主張給牠點奎寧吃，恐怕是打擺子。大家都不贊同我的主張。我又建議把牠抱到牀上蓋上被子睡一覺，出點汗也許就好了；焉知道不是感冒呢？這年月的豬比人還嬌貴呀！大家還是不贊成。後來，把豬醫生請來了。我頗興奮，要看看豬怎麼吃藥。豬醫生把一些草藥包在竹筒的大厚皮兒裏，使小花豬橫銜着，兩頭向後束在脖子上：這樣，藥味與藥汁便慢慢走入裏邊去。把藥包兒束好，小花豬的口中好像生了兩個翅膀，倒並不難看。

雖然吳宅有此騷動，我還是在那裏吃了午飯 —— 自然稍微的有點不得勁兒！

過了兩天，我又去看小花豬 —— 這回是專程探病，絕不為看別人；我知道現在豬的價值有多大 —— 小花豬口中

已無那個藥包，而且也吃點東西了。大家都很高興，我就又就棍打腿地騙了頓飯吃，並且提出聲明：到冬天，得分給我幾斤臘肉！組緗先生與太太沒加任何考慮便答應了。吳太太說：「幾斤？十斤也行！想想看，那天牠要是一病不起⋯⋯」大家聽罷，都出了冷汗！

馬宗融先生的時間觀念

馬宗融先生的錶大概是、我想是一個裝飾品。無論約他開會，還是吃飯，他總遲到一個多鐘頭，他的錶並不慢。

來重慶，他多半是住在白象街的作家書屋。有的說也罷，沒的說也罷，他總要談到夜裏兩三點鐘。假若不是別人都睏得不出一聲了，他還想不起上牀去。有人陪着他談，他能一直坐到第二天夜裏兩點鐘。錶、月亮、太陽，都不能引起他注意到時間。

比如說吧，下午三點他須到觀音岩去開會，到兩點半他還毫無動靜。「宗融兄，不是三點，有會嗎？該走了吧？」有人這樣提醒他，他馬上去戴上帽子，提起那有茶碗口粗的木棒，向外走。「七點吃飯。早回來呀！」大家告訴他。他回答聲「一定回來」，便匆匆地走出去。

到三點的時候，你若出去，你會看見馬宗融先生在門口與一位老太婆，或是兩個小學生，談話兒呢！即使不是這樣，他在五點以前也不會走到觀音岩。路上每遇到一位熟人，便要談，至少有十分鐘的話。若遇上打架吵嘴的，他得過去解勸，還許把別人勸開，而他與另一位勸架的打起來！遇上某處起火，他得幫着去救。有人追趕扒手，他必然得加

入，非捉到不可。看見某種新東西，他得過去問問價錢，不管買與不買。看到戲報子，馬上他去借電話，問還有票沒有……這樣，他從白象街到觀音岩，可以走一天，幸而他記得開會那件事，所以只走兩三個鐘頭，到了開會的地方，即使大家已經散了會，他也得坐兩點鐘，他跟誰都談得來，都談得有趣，很親切，很細膩。有人隨便哼了一句二黃①，他立刻請教給他；有人剛買一條繩子，他馬上拿過來練習跳繩——五十歲了啊！

七點，他想起來回白象街吃飯，歸路上，又照樣地勸架，救火，追賊，問物價，打電話……至早，他在八點半左右走到目的地。滿頭大汗，三步當作兩步走的。他走了進來，飯早已開過了。

所以，我們與友人定約會的時候，若說隨便甚麼時間，早晨也好，晚上也好，反正我一天不出門，你哪時來也可以，我們便說「馬宗融的時間」吧！

姚蓬子先生的硯台

作家書屋是個神祕的地方，不信你交到那裏一份文稿，而三五日後再親自去索回，你就必定不說我扯謊了。

進到書屋，十之八九你找不到書屋的主人——姚蓬子先生。他不定在哪裏藏着呢。他的被褥是稿子，他的枕頭是稿子，他的桌上、椅上、窗台上……全是稿子。簡單地說

① 二黃，戲曲腔調，清朝中期由徽班傳入北京，成為京劇主體。

吧，他被稿子埋起來了。當你要稿子的時候，你可以看見一個奇蹟。假如說尊稿是十張紙寫的吧，書屋主人會由枕頭底下翻出兩張，由褲袋裏掏出三張，書架裏找出兩張，窗子上揭下一張，還欠兩張。你別忙，他會由老鼠洞裏拉出那兩張，一點也不少。

單說蓬子先生的那塊硯台，也足夠驚人了！那是塊無法形容的石硯。不圓不方，有許多角兒，有任何角度。有一點沿兒，豁口甚多，底子最奇，四周翹起，中間的一點凸出，如元寶之背，它會像陀螺似的在桌上亂轉，還會一頭高一頭低地傾斜，如浪中之船。我老以為孫悟空就是由這塊石頭跳出去的！

到磨墨的時候，它會由桌子這一端滾到那一端，而且響如快跑的馬車。我每晚十時必就寢，而對門兒書屋的主人要辦事辦到天亮。從十時到天亮，他至少研十次墨，一次比一次響 —— 到夜最靜的時候，大概連南岸都感到一點震動。從我到白象街起，我沒做過一個好夢，剛一入夢，硯台來了一陣雷雨，夢為之斷。在夏天，硯一響，我就起來拿臭蟲。冬天可就不好辦，只好咳嗽幾聲，使之聞之。

現在，我已交給作家書屋一本書，等到出版，我必定破費幾十元，送給書屋主人一塊平底的，不出聲的硯台！

何容先生的戒煙

首先要聲明：這裏所說的煙是香煙，不是鴉片。

從武漢到重慶，我老同何容先生在一間屋子裏，一直到前年八月間。在武漢的時候，我們都吸「大前門」或「使

館」牌;小大「英」似乎都不夠味兒。到了重慶,小大「英」似乎變了質,越來越「夠」味兒了,「前門」與「使館」倒彷彿沒了甚麼意思。慢慢的,「刀」牌與「哈德門」又變成我們的朋友,而與小大「英」,不管是誰的主動吧,好像冷淡得日懸一日,不久,「刀」牌與「哈德門」又與我們發生了意見,差不多要絕交的樣子。何容先生就決心戒煙!

在他戒煙之前,我已聲明過:「先上吊。後戒煙!」本來嘛,「棄婦拋雛」地流亡在外,吃不敢進大三元,喝麼也不過是清一色(黃酒貴,只好吃點白乾),女友不敢去交,男友一律是窮光蛋,住是二人一室,睡是臭蟲滿牀,再不吸兩支香煙,還活着幹嗎?可是,一看何容先生戒煙,我到底受了感動,既覺自己無勇,又欽佩他的偉大;所以,他在屋裏,我幾乎不敢動手取煙,以免動搖他的堅決!

何容先生那天睡了十六個鐘頭,一支煙沒吸!醒來,已是黃昏,他便獨自走出去。我沒敢陪他出去,怕不留神遞給他一支煙,破了戒!掌燈之後,他回來了,滿面紅光,含着笑,從口袋中掏出一包土產捲煙來。「你嚐嚐這個,」他客氣地讓我,「才一個銅板一支!有這個,似乎就不必戒煙了!沒有必要!」把煙接過來,我沒敢說甚麼,怕傷了他的尊嚴。面對面的,把煙燃上,我倆細細地欣賞。頭一口就驚人,冒的是黃煙,我以為他誤把爆竹買來了!聽了一會兒,還好,並沒有爆炸,就放膽繼續地吸。吸了不到四五口,我看見蚊子都爭着向外邊飛,我很高興。既吸煙,又驅蚊,太可貴了!再吸幾口之後,牆上又發現了臭蟲,大概也要搬

家，我更高興了！吸到了半支，何容先生與我也跑出去了，他低聲地說：「看樣子，還得戒煙！」

何容先生二次戒煙，有半天之久。當天的下午，他買來了煙斗與煙葉。「幾毛錢的煙葉，夠吃三四天的，何必一定戒煙呢！」他說。吸了幾天的煙斗，他發現了：（一）不便攜帶；（二）不用力，抽不到；用力，煙油射在舌頭上；（三）費洋火；（四）須天天收拾，麻煩！有此四弊，他就戒煙斗，而又吸上香煙了。「始作捲煙者，其無後乎！」他說。

最近二年，何容先生不知戒了多少次煙了，而指頭上始終是黃的。

筷 子

導讀

　　這篇短文原載於 1943 年 3 月 18 日《聯合畫報》，現收入
《老舍全集》第 15 卷。文章從一則笑話（一位歐洲人以為中國人
一手拿一根筷子）談起，分析出「民族間的誤會與衝突」的重要
原因之一是「彼此不相認識」，最後引申出「文化的宣傳才是真正
的建設的宣傳，因為它會使人互相了解，互相尊敬，而後能互相
幫忙」。

　　以小見大，這是本文的一個特點。作者由那位歐洲人「近乎
造謠」的錯誤說法聯想到「中日之戰是起於中國人亂殺日僑」的
謠言，由西洋小說中筷子所受的「冤枉」和「侮辱」聯想到希特
勒與墨索里尼對猶太人的屠殺，說明正是「人類的不求相知，不
肯相知」帶來了現實的、巨大的危害，進而強調「由文化入手」，
化解「民族間的誤會與衝突」的重要性和緊迫性。

　　本文雖然短小，但是視野很寬，容量很大，給人的啟發也
很深。

　　我聽説過這樣的一個笑話：有一位歐洲人，從書本上得到一點關於中國的知識。他知道中國人吃飯用筷子。有人問他：怎樣用筷子呢？他回答：一手拿一根。

　　這是個可以原諒的錯誤。想像根據着經驗。以一手持刀，一手持叉的經驗來想像用筷子的方法，豈不是合理的錯誤麼？

　　一點知識，最足誤事。民族間的誤會與衝突雖然有許多原因，可是彼此不相認識恐怕是重要的原因之一。筷子的問題並不很大，可是一手拿一根的説法，便近乎造謠。造謠就可以生事，而天下亂矣。據説：到今天為止，日本人還有相信中日之戰是起於中國人亂殺日僑的呢。

　　還是以筷子來説吧。在一本西洋人寫的關於中國的小説裏有這麼一段：一位西洋太太來到中國 —— 當然是住在上海嘍，她僱了一位中國廚師傅，沒有三天，她把廚子辭掉了，因為他用筷子夾湯裏的肉來嚐着！在這裏，筷子成了骯髒，野蠻的象徵。

　　筷子多麼冤枉！人類的不求相知，不肯相知，筷子受了侮辱。

　　自然，天下還有許多比筷子大着許多倍的事。可痛心的是天下有許多人知道這些事！牛羊知道的事很少，所以牠們會被一個小兒牽着進屠場中。看吧，希特勒與墨索里尼曾把多少「人」趕到屠場去呀！

　　因此，我想，文化的宣傳才是真正的建設的宣傳，因為它會使人互相了解，互相尊敬，而後能互相幫忙。不由文化入手，而只為目前的某人某事作宣傳，那就恐怕又落個一手拿一根筷子吧。

我 的 母 親

導讀

　　本文是老舍先生深情回憶自己母親的一篇散文名作，原載於1943 年 1 月 13、15 日重慶《時事新報》副刊「青光」，現收入《老舍全集》第 14 卷。

　　感情真摯，語言樸實，行文自然，是本文的主要特色。文章從「母親的娘家」寫起，按時間順序記述了母親艱辛的一生，及其對自己的恩情與影響。作者採用順其自然的白描手法，通過描寫人物的動作、語言，並揭示其內心世界，刻畫了母親勤儉誠實、堅強勇敢、寬容大度、默默奉獻的感人形象。比如寫母親的堅強勇敢：「皇上跑了，丈夫死了，鬼子來了，滿城是血光火焰，可是母親不怕，她要在刺刀下，饑荒中，保護着兒女。」語言十分簡潔純樸，卻使人物形象卓然挺立。作者稱母親給自己的是「生命的教育」，就是最後一段所總結的「生命是母親給我的。我之能長大成人，是母親的血汗灌養的。我之能成為一個不十分壞的人，是母親感化的。我的性格，習慣，是母親傳給的。」這既懇切地表達了作者對母親的拳拳感念之心，也從另一個角度詮釋了母親平凡一生的偉大意義。

　　全文從頭到尾，作者的情緒平穩發展，偶有波瀾，文末則達到高潮，幾句感歎——「唉，還說甚麼呢？心痛！心痛！」欲說還休，痛徹肺腑，催人淚下。

母親的娘家是北平德勝門外，土城兒外邊，通大鐘寺的大路上的一個小村裏。村裏一共有四五家人家，都姓馬。大家都種點不十分肥美的地，但是與我同輩的兄弟們，也有當兵的，作木匠的，作泥水匠的，和當巡察的。他們雖然是農家，卻養不起牛馬，人手不夠的時候，婦女便也須下地作活。

對於姥姥家，我只知道上述的一點。外公外婆是甚麼樣子，我就不知道了，因為他們早已去世。至於更遠的族系與家史，就更不曉得了；窮人只能顧眼前的衣食，沒有工夫談論甚麼過去的光榮；「家譜」這字眼，我在幼年就根本沒有聽說過。

母親生在農家，所以勤儉誠實，身體也好。這一點事實卻極重要，因為假若我沒有這樣的一位母親，我以為我恐怕也就要大大地打個折扣了。

母親出嫁大概是很早，因為我的大姐現在已是六十多歲的老太婆，而我的大外甥女還長我一歲啊。我有三個哥哥，四個姐姐，但能長大成人的，只有大姐，二姐，三姐，三哥與我。我是「老」兒子。生我的時候，母親已四十一歲，大姐二姐已都出了閣。

由大姐與二姐所嫁入的家庭來推斷，在我生下之前，我的家裏，大概還馬馬虎虎地過得去。那時候訂婚講究門當戶對，而大姐丈是作小官的，二姐丈也開過一間酒館，他們都是相當體面的人。

可是，我，我給家庭帶來了不幸：我生下來，母親暈過去半夜，才睜眼看見她的老兒子 —— 感謝大姐，把我揣在

懷中，致未凍死。

一歲半，我把父親「剋」死了。

兄不到十歲，三姐十二三歲，我才一歲半，全仗母親獨力撫養了。父親的寡姐跟我們一塊兒住，她吸鴉片，她喜摸紙牌，她的脾氣極壞。為我們的衣食，母親要給人家洗衣服，縫補或裁縫衣裳。在我的記憶中，她的手終年是鮮紅微腫的。白天，她洗衣服，洗一兩大綠瓦盆。她做事永遠絲毫也不敷衍，就是屠戶們送來的黑如鐵的布襪，她也給洗得雪白。晚間，她與三姐抱着一盞油燈，還要縫補衣服，一直到半夜。她終年沒有休息，可是在忙碌中她還把院子屋中收拾得清清爽爽。桌椅都是舊的，櫃門的銅活久已殘缺不全，可是她的手老使破桌面上沒有塵土，殘破的銅活發着光。院中，父親遺留下的幾盆石榴與夾竹桃，永遠會得到應有的澆灌與愛護，年年夏天開許多花。

哥哥似乎沒有同我玩耍過。有時候，他去讀書；有時候，他去學徒；有時候，他也去賣花生或櫻桃之類的小東西。母親含着淚把他送走，不到兩天，又含着淚接他回來。我不明白這都是甚麼事，而只覺得與他很生疏。與母親相依為命的是我與三姐。因此，她們做事，我老在後面跟着。她們澆花，我也張羅着取水；她們掃地，我就撮土……從這裏，我學得了愛花，愛清潔，守秩序。這些習慣至今還被我保存着。

有客人來，無論手中怎麼窘，母親也要設法弄一點東西去款待。舅父與表哥們往往是自己掏錢買酒肉食，這使她臉上羞得飛紅，可是殷勤地給他們溫酒做麵，又給她一些喜

悦。遇上親友家中有喜喪事，母親必把大褂洗得乾乾淨淨，親自去賀弔 —— 份禮也許只是兩吊小錢。到如今如我的好客的習性，還未全改，儘管生活是這麼清苦，因為自幼兒看慣了的事情是不易改掉的。

姑母常鬧脾氣。她單在雞蛋裏找骨頭。她是我家中的閻王。直到我入了中學，她才死去，我可是沒有看見母親反抗過。「沒受過婆婆的氣，還不受大姑子的嗎？命當如此！」母親在非解釋一下不足以平服別人的時候，才這樣說。是的，命當如此。母親活到老，窮到老，辛苦到老，全是命當如此。她最會吃虧。給親友鄰居幫忙，她總跑在前面：她會給嬰兒洗三 —— 窮朋友們可以因此少花一筆「請姥姥」錢 —— 她會刮痧，她會給孩子們剃頭，她會給少婦們絞臉……凡是她能做的，都有求必應。但是吵嘴打架，永遠沒有她。她寧吃虧，不逗氣。當姑母死去的時候，母親似乎把一世的委屈都哭了出來，一直哭到墳地。不知道哪裏來的一位姪子，聲稱有承繼權，母親便一聲不響，教他搬走那些破桌子爛板凳，而且把姑母養的一隻肥母雞也送給他。

可是，母親並不軟弱。父親死在庚子鬧「拳」的那一年。聯軍入城，挨家搜索財物雞鴨，我們被搜兩次。母親拉着哥哥與三姐坐在牆根，等着「鬼子」進門，街門是開着的。「鬼子」進門，一刺刀先把老黃狗刺死，而後入室搜索。他們走後，母親把破衣箱搬起，才發現了我。假若箱子不空，我早就被壓死了。皇上跑了，丈夫死了，鬼子來了，滿城是血光火焰，可是母親不怕，她要在刺刀下，饑荒中，保護着兒女。北平有多少變亂啊，有時候兵變了，街市整條

地燒起，火團落在我們院中。有時候內戰了，城門緊閉，舖店關門，晝夜響着槍炮。這驚恐，這緊張，再加上一家飲食的籌劃，兒女安全的顧慮，豈是一個軟弱的老寡婦所能受得起的？可是，在這種時候，母親的心橫起來，她不慌不哭，要從無辦法中想出辦法來。她的淚會往心中落！這點軟而硬的個性，也傳給了我。我對一切人與事，都取和平的態度，把吃虧看作當然的。但是，在做人上，我有一定的宗旨與基本的法則，甚麼事都可將就，而不能超過自己劃好的界限。我怕見生人，怕辦雜事，怕出頭露面；但是到了非我去不可的時候，我便不敢不去，正像我的母親。從私塾到小學，到中學，我經歷過起碼有廿①位教師吧，其中有給我很大影響的，也有毫無影響的，但是我的真正的教師，把性格傳給我的，是我的母親。母親並不識字，她給我的是生命的教育。

當我在小學畢了業的時候，親友一致地願意我去學手藝，好幫助母親。我曉得我應當去找飯吃，以減輕母親的勤勞困苦。可是，我也願意升學。我偷偷地考入了師範學校——制服，飯食，書籍，宿處，都由學校供給。只有這樣，我才敢對母親提升學的話。入學，要交十元的保證金。這是一筆鉅款！母親作了半個月的難，把這鉅款籌到，而後含淚把我送出門去。她不辭勞苦，只要兒子有出息。當我由師範畢業，而被派為小學校校長，母親與我都一夜不曾合眼。我只說了句：「以後，您可以歇一歇了！」她的回答只

---

① 廿（niàn），二十。

有一串串的眼淚。我入學之後，三姐結了婚。母親對兒女是
都一樣疼愛的，但是假若她也有點偏愛的話，她應當偏愛三
姐，因為自父親死後，家中一切的事情都是母親和三姐共同
撐持的。三姐是母親的右手。但是母親知道這右手必須割
去，她不能為自己的便利而耽誤了女兒的青春。當花轎來到
我們的破門外的時候，母親的手就和冰一樣的涼，臉上沒有
血色 —— 那是陰曆四月，天氣很暖。大家都怕她暈過去。
可是，她掙扎着，咬着嘴脣，手扶着門框，看花轎徐徐地走
去。不久，姑母死了。三姐已出嫁，哥哥不在家，我又住學
校，家中只剩母親自己。她還須自曉至晚地操作，可是終日
沒人和她說一句話。新年到了，正趕上政府倡用陽曆，不許
過舊年。除夕，我請了兩小時的假。由擁擠不堪的街市回到
清爐冷灶的家中。母親笑了。及至聽說我還須回校，她愣住
了。半天，她才歎出一口氣來。到我該走的時候，她遞給我
一些花生，「去吧，小子！」街上是那麼熱鬧，我卻甚麼也
沒看見，淚遮瞇了我的眼。今天，淚又遮住了我的眼，又想
起當日孤獨地過那悽慘的除夕的慈母。可是慈母不會再候盼
着我了，她已入了土！

　　兒女的生命是不依順着父母所設下的軌道一直前進的，
所以老人總免不了傷心。我廿三歲，母親要我結了婚，我不
要。我請來三姐給我說情，老母含淚點了頭。我愛母親，但
是我給了她最大的打擊。時代使我成為逆子。廿七歲，我上
了英國。為了自己，我給六十多歲的老母以第二次打擊。在
她七十大壽的那一天，我還遠在異域。那天，據姐姐們後來
告訴我，老太太只喝了兩口酒，很早地便睡下。她想念她的

幼子，而不便説出來。

七七抗戰後，我由濟南逃出來。北平又像庚子那年似的被鬼子佔據了，可是母親日夜惦念的幼子卻跑西南來。母親怎樣想念我，我可以想像得到，可是我不能回去。每逢接到家信，我總不敢馬上拆看，我怕，怕，怕，怕有那不祥的消息。人，即使活到八九十歲，有母親便可以多少還有點孩子氣。失了慈母便像花插在瓶子裏，雖然還有色有香，卻失去了根。有母親的人，心裏是安定的。我怕，怕，怕家信中帶來不好的消息，告訴我已是失了根的花草。

去年一年，我在家信中找不到關於老母的起居情況。我疑慮，害怕。我想像得到，若有不幸，家中念我流亡孤苦，或不忍相告。母親的生日是在九月，我在八月半寫去祝壽的信，算計着會在壽日之前到達。信中囑咐千萬把壽日的詳情寫來，使我不再疑慮。十二月二十六日，由文化勞軍的大會上回來，我接到家信。我不敢拆讀。就寢前，我拆開信，母親已去世一年了！

生命是母親給我的。我之能長大成人，是母親的血汗灌養的。我之能成為一個不十分壞的人，是母親感化的。我的性格，習慣，是母親傳給的。她一世未曾享過一天福，臨死還吃的是粗糧。唉，還説甚麼呢？心痛！心痛！

宗月大師

◖ 導讀

　　「宗月大師」（1880—1941）原名劉壽綿，本是京城富家子弟，1925 年在北京出家，法名「宗月」，出家前人稱「劉善人」。老舍先生在青少年時期曾受過他較大的影響，所以在本文中說：「我在精神上物質上都受過他的好處」，「沒有他，我也許一輩子也不會入學讀書。沒有他，我也許永遠想不起幫助別人有甚麼樂趣與意義。」

　　這篇紀念文章就是在物質與精神兩方面的相互交錯、相互消長中記述了宗月大師傳奇般的人生及其對自己的幫助和教益。從「在金子裏長起來的闊大爺」到小廟裏又窮又苦的「破和尚」，從資助我上學的「劉大叔」到「引領我向善」的「宗月大師」，作者以生動的筆墨、感恩的深情，呈現出一個多面立體的人物形象 —— 他是「極富」卻「不以富傲人」、「只懂得花錢，而不知道計算」、直到「一貧如洗」還依然「好善」的俗世中的「敗家子」，更是「學問也許不高」，但「所知道的都能見諸實行」，甚至「不惜變賣廟產去救濟苦人」的佛門中的「真和尚」。文中四次寫到宗月大師「洪亮」的聲音（其中三次「笑聲」，一次問話），猶如畫龍點睛，表現出他大氣、磊落的胸懷和「忘了自己」的超凡脫俗的境界。本文原載於 1940 年 1 月 23 日成都《華西日報》副刊「每周文藝」第 8 期，現收入《老舍全集》第 14 卷。

　　在我小的時候，我因家貧而身體很弱。我九歲才入學。因家貧體弱，母親有時候想教我去上學，又怕我受人家的欺侮，更因交不上學費，所以一直到九歲我還不識一個字。說不定，我會一輩子也得不到讀書的機會。因為母親雖然知道讀書的重要，可是每月間三四吊錢的學費，實在讓她為難。母親是最喜臉面的人。她遲疑不決，光陰又不等待着任何人，荒來荒去，我也許就長到十多歲了。一個十多歲的貧而不識字的孩子，很自然地去作個小買賣 —— 弄個小筐，賣些花生、煮豌豆、或櫻桃甚麼的。要不然就是去學徒。母親很愛我，但是假若我能去作學徒，或提籃沿街賣櫻桃而每天賺幾百錢，她或者就不會堅決地反對。窮困比愛心更有力量。

　　有一天劉大叔偶然的來了。我說「偶然的」，因為他不常來看我們。他是個極富的人，儘管他心中並無貧富之別，可是他的財富使他終日不得閒，幾乎沒有工夫來看窮朋友。一進門，他看見了我。「孩子幾歲了？上學沒有？」他問我的母親。他的聲音是那麼洪亮（在酒後，他常以學喊俞振庭的《金錢豹》自傲），他的衣服是那麼華麗，他的眼是那麼亮，他的臉和手是那麼白嫩肥胖，使我感到我大概是犯了甚麼罪。我們的小屋，破桌凳，土炕，幾乎禁不住他的聲音的震動。等我母親回答完，劉大叔馬上決定：「明天早上我來，帶他上學，學錢、書籍，大姐你都不必管！」我的心跳起多高，誰知道上學是怎麼一回事呢！

　　第二天，我像一條不體面的小狗似的，隨着這位闊人去入學。學校是一家改良私塾，在離我的家有半里多地的一

座道士廟裏。廟不甚大，而充滿了各種氣味：一進山門先有一股大煙味，緊跟着便是糖精味（有一家熬製糖球糖塊的作坊），再往裏，是廁所味，與別的臭味。學校是在大殿裏。大殿兩旁的小屋住着道士，和道士的家眷。大殿裏很黑、很冷。神像都用黃布擋着，供桌上擺着孔聖人的牌位。學生都面朝西坐着，一共有三十來人。西牆上有一塊黑板——這是「改良」私塾。老師姓李，一位極死板而極有愛心的中年人。劉大叔和李老師「嘮」了一頓，而後教我拜聖人及老師。老師給了我一本《地球韻言》和一本《三字經》。我於是，就變成了學生。

自從作了學生以後，我時常地到劉大叔的家中去。他的宅子有兩個大院子，院中幾十間房屋都是出廊的。院後，還有一座相當大的花園。宅子的左右前後全是他的房屋，若是把那些房子齊齊地排起來，可以佔半條大街。此外，他還有幾處舖店。每逢我去，他必招呼我吃飯，或給我一些我沒有看見過的點心。他絕不以我為一個苦孩子而冷淡我，他是闊大爺，但是他不以富傲人。

在我由私塾轉入公立學校去的時候，劉大叔又來幫忙。這時候，他的財產已大半出了手。他是闊大爺，他只懂得花錢，而不知道計算。人們吃他，他甘心教他們吃；人們騙他，他付之一笑。他的財產有一部分是賣掉的，也有一部分是被人騙了去的。他不管；他的笑聲照舊是洪亮的。

到我在中學畢業的時候，他已一貧如洗，甚麼財產也沒有了，只剩了那個後花園。不過，在這個時候，假若他肯用用心思，去調整他的產業，他還能有辦法教自己豐衣足

食，因為他的好多財產是被人家騙了去的。可是，他不肯去請律師。貧與富在他心中是完全一樣的。假若在這時候，他要是不再隨便花錢，他至少可以保住那座花園，和城外的地產。可是，他好善。儘管他自己的兒女受着飢寒，儘管他自己受盡折磨，他還是去辦貧兒學校，粥廠，等等慈善事業。他忘了自己。就是在這個時候，我和他過往的最密。他辦貧兒學校，我去作義務教師。他施捨糧米，我去幫忙調查及散放。在我的心裏，我很明白：放糧放錢不過只是延長貧民的受苦難的日期，而不足以阻攔住死亡。但是，看劉大叔那麼熱心，那麼真誠，我就顧不得和他辯論，而只好也出點力了。即使我和他辯論，我也不會得勝，人情是往往能戰敗理智的。

在我出國以前，劉大叔的兒子死了。而後，他的花園也出了手。他入廟為僧，夫人與小姐入庵為尼。由他的性格來說，他似乎勢必走入避世學禪的一途。但是由他的生活習慣上來說，大家總以為他不過能唸唸經，佈施佈施僧道而已，而絕對不會受戒出家。他居然出了家。在以前，他吃的是山珍海味，穿的是綾羅綢緞。他也嫖也賭。現在，他每日一餐，入秋還穿着件夏布道袍。這樣苦修，他的臉上還是紅紅的，笑聲還是洪亮的。對佛學，他有多麼深的認識，我不敢說。我卻真知道他是個好和尚，他知道一點便去做一點，能做一點便做一點。他的學問也許不高，但是他所知道的都能見諸實行。

出家以後，他不久就作了一座大寺的方丈。可是沒有好久就被驅除出來。他是要作真和尚，所以他不惜變賣廟產去

救濟苦人。廟裏不要這種方丈。一般地說，方丈的責任是要擴充廟產，而不是救苦救難的。離開大寺，他到一座沒有任何產業的廟裏作方丈。他自己既沒有錢，他還須天天為僧眾們找到齋吃。同時，他還舉辦粥廠等等慈善事業。他窮，他忙，他每日只進一頓簡單的素餐，可是他的笑聲還是那麼洪亮。他的廟裏不應佛事，趕到有人來請，他便領着僧眾給人家去唪真經，不要報酬。他整天不在廟裏，但是他並沒忘了修持；他持戒越來越嚴，對經義也深有所獲。他白天在各處籌錢辦事，晚間在小室裏作工夫。誰見到這位破和尚也不曾想到他曾是個在金子裏長起來的闊大爺。

去年，有一天他正給一位圓寂了的和尚唸經，他忽然閉上了眼，就坐化了。火葬後，人們在他的身上發現許多舍利。

沒有他，我也許一輩子也不會入學讀書。沒有他，我也許永遠想不起幫助別人有甚麼樂趣與意義。他是不是真的成了佛？我不知道。但是，我的確相信他的居心與言行是與佛相近似的。我在精神上物質上都受過他的好處，現在我的確願意他真的成了佛，並且盼望他以佛心引領我向善，正像在三十五年前，他拉着我去入私塾那樣！

他是宗月大師。

「住」的夢

本文原載於 1944 年 5 月 20 日《民主世界》第 2 期，現收入《老舍全集》第 15 卷。文章寫的是老舍先生關於「抗戰勝利後我應去住的地方」的夢想 —— 春天住在杭州，夏天住在青城山，秋天住在北平，冬天住在成都或昆明。通過這種「闊起來」才可能實現的「好玩的」夢想，作者表達了對於抗戰勝利的期待和對曾經住過的幾個地方的懷念，曲折地反映了抗戰期間生活的艱辛與不便。

寫自己四季想住的幾個地方時，作者分別描述了這些地方給自己印象最深、最好的方面：春天的杭州「教人整天生活在詩與圖畫中」，夏天的青城山「到處都是綠」，「北平之秋便是天堂」，成都與昆明冬天花多。特別是青城山的「那一片綠色」，「像嫩柳那麼淡，竹葉那麼亮，蕉葉那麼潤……都在輕輕地顫動，彷彿要流入空中與心中去似的……像音樂似的，滌清了心中的萬慮」。這段描寫將難以名狀的綠色表現得栩栩如生，動人心弦，頗顯作者的文學功力。

在北平與青島住家的時候，我永遠沒想到過：將來我要住在甚麼地方去。在樂園裏的人或者不會夢想另闢樂園吧。

在抗戰中，在重慶與它的郊區住了六年。這六年的酷暑重霧，和房屋的不像房屋，使我會做夢了。我夢想着抗戰勝利後我應去住的地方。

不管我的夢想能否成為事實，說出來總是好玩的：

春天，我將要住在杭州。二十年前，我到過杭州，只住了兩天。那是舊曆的二月初，在西湖上我看見了嫩柳與菜花，碧浪與翠竹。山上的光景如何？沒有看到。三四月的鶯花山水如何，也無從曉得。但是，由我看到的那點春光，已經可以斷定杭州的春天必定會教人整天生活在詩與圖畫中的。所以，春天我的家應當是在杭州。

夏天，我想青城山應當算作最理想的地方。在那裏，我雖然只住過十天，可是它的幽靜已拴住了我的心靈。在我所看見過的山水中，只有這裏沒有使我失望。它並沒有甚麼奇峯或巨瀑，也沒有多少古寺與勝跡，可是，它的那一片綠色已足使我感到這是仙人所應住的地方了。到處都是綠，而且都是像嫩柳那麼淡，竹葉那麼亮，蕉葉那麼潤，目之所及，那片淡而光潤的綠色都在輕輕地顫動，彷彿要流入空中與心中去似的。這個綠色會像音樂似的，滌清了心中的萬慮，山中有水，有茶，還有酒。早晚，即使在暑天，也須穿起毛衣。我想，在這裏住一夏天，必能寫出一部十萬到二十萬的小說。

假若青城去不成，求其次者才提到青島。我在青島住過三年，很喜愛它。不過，春夏之交，它有霧，雖然不很熱，

可是相當的濕悶。再說，一到夏天，遊人來的很多，失去了海濱上的清靜。美而不靜便至少失去一半的美。最使我看不慣的是那些喝醉的外國水兵與差不多是裸體的，而沒有曲線美的妓女。秋天，遊人都走開，這地方反倒更可愛些。

不過，秋天一定要住北平。天堂是甚麼樣子，我不曉得，但是從我的生活經驗去判斷，北平之秋便是天堂。論天氣，不冷不熱。論吃食，蘋果，梨，柿，棗，葡萄，都每樣有若干種。至於北平特產的小白梨與大白海棠，恐怕就是樂園中的禁果吧，連亞當與夏娃見了，也必滴下口水來！果子而外，羊肉正肥，高粱紅的螃蟹剛好下市，而良鄉的栗子也香聞十里。論花草，菊花種類之多，花式之奇，可以甲天下。西山有紅葉可見，北海可以划船 —— 雖然荷花已殘，荷葉可還有一片清香。衣食住行，在北平的秋天，是沒有一項不使人滿意的。即使沒有餘錢買菊吃蟹，一兩毛錢還可以爆二兩羊肉，弄一小壺佛手露啊！

冬天，我還沒有打好主意，香港很暖和，適於我這貧血怕冷的人去住，但是「洋味」太重，我不高興去。廣州，我沒有到過，無從判斷。成都或者相當的合適，雖然並不怎樣和暖，可是為了水仙，素心臘梅，各色的茶花，與紅梅綠梅，彷彿就受一點寒冷，也頗值得去了。昆明的花也多，而且天氣比成都好，可是舊書舖與精美而便宜的小吃食遠不及成都的那麼多，專看花而沒有書讀似乎也差點事。好吧，就暫時這麼規定：冬天不住成都便住昆明吧。

在抗戰中，我沒能發了國難財。我想，抗戰結束以後，我必能闊起來，唯一的原因是我是在這裏說夢。既然闊起

來，我就能在杭州，青城山，北平，成都，都蓋起一所中式的小三合房，自己住三間，其餘的留給友人們住。房後都有起碼是二畝大的一個花園，種滿了花草；住客有隨便折花的，便毫不客氣地趕出去。青島與昆明也各建小房一所，作為候補住宅。各處的小宅，不管是甚麼材料蓋成的，一律叫作「不會草堂」——在抗戰中，開會開夠了，所以永遠「不會」。

那時候，飛機一定很方便，我想四季搬家也許不至於受多大苦處的。假若那時候飛機減價，一二百元就能買一架的話，我就自備一架，擇黃道吉日慢慢地飛行。

多鼠齋雜談

導讀

　　「多鼠齋」是老舍先生抗戰期間在重慶北碚的居所，因為條件簡陋，老鼠出沒，所以有此幽默的命名。從 1944 年 9 月 1 日到 12 月 24 日，作者在重慶《新民報晚刊》副刊「西方夜談」上發表了「多鼠齋雜談」系列散文十二篇，包括《戒酒》、《戒煙》、《戒茶》、《貓的早餐》、《最難寫的文章》、《最可怕的人》、《衣》、《行》、《狗》、《帽》、《昨天》、《傻子》，後收入《老舍全集》第 15 卷。

　　這組「雜談」題材較廣，風格有異，但都充分展露了作者的真誠性情與文學才華。寫自己戒煙後煙癮屢屢來襲，形容為「毒刑夾攻之後，它派來會花言巧語的小鬼來勸導」，並通過「我」與「它」的對話，形象生動地把自己與煙癮的鬥爭戲劇化了。寫煙酒與茶的差別：煙酒「是男性的 —— 粗莽，熱烈，有思想，可也有火氣 —— 未若茶之溫柔，雅潔，輕輕的刺戟，淡淡的相依；茶是女性的」，比喻獨特，令人叫絕。寫「自來舊」的灰布制服，稱之為「國難衣」、「老鼠皮」，而且降用「一蹶不振」、「斯文掃地」等正經文辭，也是妙筆生花，新意迭出。反感編寫輓詞壽序、節日徵文之類的應景文章，作者喊出了「救救文人！」的口號。討厭妒賢嫉能的人，作者直斥其所謂「批評」「其實是扯淡！」而同情小貓瘦狗的可憐，作者甚至傷感落淚，反省「民富而後貓狗肥」、國人應該有愛心。

一　戒酒

並沒有好大的量，我可是喜歡喝兩杯兒。因吃酒，我交下許多朋友 —— 這是酒的最可愛處。大概在有些酒意之際，說話做事都要比平時豪爽真誠一些，於是就容易心心相印，成為莫逆。人或者只在「喝了」之後，才會把專為敷衍人用的一套生活八股拋開，而敢露一點鋒芒或「謬論」——這就減少了我臉上的俗氣，看着紅撲撲的，人有點樣子！

自從在社會上做事至今的廿五六年中，雖不記得一共醉過多少次，不過，隨便的一想，便頗可想起「不少」次丟臉的事來。所謂丟臉者，或者正是給臉上增光的事，所以我並不後悔。酒的壞處並不在撒酒瘋，得罪了正人君子 —— 在酒後還無此膽量，未免就太可憐了！酒的真正的壞處是它傷害腦子。

「李白斗酒詩百篇」是一位詩人贈另一位詩人的誇大的詼贊。據我的經驗，酒使腦子麻木，遲鈍，並不能增加思想產物的產量。即使有人非喝醉不能作詩，那也是例外，而非正常。在我患貧血病的時候，每喝一次酒，病便加重一些；未喝的時候若患頭「昏」，喝過之後便改為「暈」了，那妨礙我寫作！

對腸胃病更是死敵。去年，因醫治腸胃病，醫生嚴囑我戒酒。從去歲十月到如今，我滴酒未入口。

不喝酒，我覺得自己像啞巴了：不會嚷叫，不會狂笑，不會說話！啊，甚至於不會活着了！可是，不喝也有好處，腸胃舒服，腦袋昏而不暈，我便能天天寫一二千字！雖然不

能一口氣吐出百篇詩來，可是細水長流地寫小說倒也保險；還是暫且不破戒吧！

二　戒煙

戒酒是奉了醫生之命，戒煙是奉了法幣的命令。甚麼？劣如「長刀」也賣百元一包？老子只好咬咬牙，不吸了！

從廿二歲起吸煙，至今已有一世紀的四分之一。這廿五年養成的習慣，一旦戒除可真不容易。

吸煙有害並不是戒煙的理由。而且，有一切理由，不戒煙是不成。戒煙憑一點「火兒」。那天，我只剩了一支「華麗」。一打聽，它又漲了十塊！三天了，它每天漲十塊！我把這一支吸完，把煙灰碟擦乾淨，把洋火放在抽屜裏。我「火兒」啦，戒煙！

沒有煙，我寫不出文章來。廿多年的習慣如此。這幾天，我硬撐！我的舌頭是木的，嘴裏冒着各種滋味的水，嗓門子發癢，太陽穴微微地抽着疼！——頂要命的是腦子裏空了一塊！不過，我比煙要更屬害些：儘管你小子給我以各樣的毒刑，老子要挺一挺給你看看！

毒刑夾攻之後，它派來會花言巧語的小鬼來勸導：「算了吧，也總算是個老作家了，何必自苦太甚！況且天氣是這麼熱；要戒，等到秋涼，總比較的要好受一點呀！」

「去吧！魔鬼！咱老子的一百元就是不再買又霉、又臭、又硬、又傷天害理的紙煙！」

今天已是第六天了，我還撐着呢！長篇小說沒法子繼

續寫下去；誰管它！除非有人來說：「我每天送你一包『駱駝』，或廿支『華福』，一直到抗戰勝利為止！」我想我大概不會向「人頭狗」和「長刀」甚麼的投降的！

三　戒茶

我既已戒了煙酒而半死不活，因思莫若多加幾種，爽性快快地死了倒也乾脆。

談再戒甚麼呢？

戒葷嗎？根本用不着戒，與魚不見面者已整整二年，而豬羊肉近來也頗疏遠。還敢說戒？平價之米，偶而有點油肉相佐，使我絕對相信肉食者「不鄙」！若只此而戒除之，則腹中全是平價米，而人也決變為平價人，可謂「鄙」矣！不能戒葷！

必不得已，只好戒茶。

我是地道中國人，咖啡、蔲蔲、汽水、啤酒，皆非所喜，而獨喜茶。有一杯好茶，我便能萬物靜觀皆自得。煙酒雖然也是我的好友，但它們都是男性的 —— 粗莽，熱烈，有思想，可也有火氣 —— 未若茶之溫柔，雅潔，輕輕的刺戟，淡淡的相依；茶是女性的。

我不知道戒了茶還怎樣活着，和幹嗎活着。但是，不管我願意不願意，近來茶價的增高已教我常常起一身小雞皮疙瘩！

茶本來應該是香的，可是現在卅元一兩的香片不但不香，而且有一股子鹹味！為甚麼不把鹹蛋的皮泡泡來喝，而單去買鹹茶呢？六十元一兩的可以不出鹹味，可也不怎麼出

香味，六十元一兩啊！誰知道明天不就又漲一倍呢！

恐怕呀，茶也得戒！我想，在戒了茶以後，我大概就有資格到西方極樂世界去了 —— 要去就抓早兒，別把罪受夠了再去！想想看，茶也須戒！

四　貓的早餐

多鼠齋的老鼠並不見得比別家的更多，不過也不比別處的少就是了。前些天，柳條包內，棉袍之上，毛衣之下，又生了一窩。

沒法不養隻貓子了，雖然明知道一買又要一筆錢，「養」也至少須費些平價米。

花了二百六十元買了隻很小很醜的小貓來。我很不放心。單從身長與體重說，廚房中的老一輩的老鼠會一口咬兩隻這樣的小貓的。我們用麻繩把咪咪拴好，不光是怕牠跑了，而是怕牠不留神碰上老鼠。

我們很怕咪咪會活不成的，牠是那麼瘦小，而且終日那麼團着身哆哩哆嗦的。

人是最沒辦法的動物，而他偏偏愛看不起別的動物，替牠們擔憂。

吃了幾天平價米和煮包穀，咪咪不但沒有死，而且歡蹦亂跳的了。牠是個鄉下貓，在來到我們這裏以前，牠連米粒與包穀粒大概也沒吃過。

我們總覺得有點對不起咪咪 —— 沒有魚或肉給牠吃，沒有牛奶給牠喝。貓是食肉動物，不應當吃素！

可是，這兩天，咪咪比我們都要闊綽了；人才真是可憐

蟲呢！昨天，我起來相當的早，一開門咪咪驕傲地向我叫了一聲，右爪按着個已半死的小老鼠。咪咪的旁邊，還放着一大一小的兩個死蛙 —— 也是咪咪咬死的，而不屑於去吃，大概死蛙的味道不如老鼠的那麼香美。

我怔住了，我須戒酒、戒煙、戒茶，甚至要戒葷，而咪咪 —— 那麼瘦小醜陋的小東西 —— 會有兩隻蛙，一隻老鼠作早餐！說不定，牠還許已先吃過兩三個蚱蜢了呢！

五　最難寫的文章

或問：甚麼文章最難寫？

答：自己不願意寫的文章最難寫。比如說：鄰居二大爺年七十，無疾而終。二大爺一輩子吃飯穿衣，喝兩杯酒，與常人無異。他沒立過功，沒立過言。他少年時是個連模樣也並不驚人的少年，到老年也還是個平平常常的老人，至多，我只能說他是個安分守己的好公民。可是，文人的災難來了！二大爺的兒子 —— 大學畢業，現在官居某機關科員 —— 送過來訃文，並且誠懇地請賜輓詞。我本來有兩句可以贈給一切二大爺的輓詞：「你死了不能再見，想起來好不傷心！」可是我不敢用它來搪塞二大爺的科員少爺，怕他說我有意侮辱他的老人。我必須另想幾句 —— 近鄰，天天要見面，假若我決定不寫，科員少爺會惱我一輩子的。可是，老天爺，我寫甚麼呢？

在這很為難之際，我真佩服了從前那些專憑作輓詩壽序掙吃飯的老文人了！你看，還以二大爺這件事為例吧，差不多除了扯謊，我簡直沒法寫出一個字。我得說二大爺天生的

聰明絕頂，可是還「別」說他雖聰明絕頂，而並沒著過書，沒發明過甚麼東西，和他在算錢的時候總是脫了襪子的。是的，我得把別人的長處硬派給二大爺，而把二大爺的短處一字不題。這不是作詩或寫散文，而是替死人來騙活人！我寫不好這種文章，因為我不喜歡扯謊。

在輓詩與壽序等而外，就得算「九一八」，「雙十」與「元旦」甚麼的最難寫了。年年有個元旦，年年要寫元旦，有甚麼好寫呢？每逢接到報館為元旦增刊徵文的通知，我就想這樣回覆：「死去吧！省得年年教我吃苦！」可是又一想，它死了豈不又須作輓聯啊？於是只好按住心頭之火，給它拼湊幾句 —— 這不是我作文章，而是文章作我！說到這裏，相應提出「救救文人！」的口號，並且希望科員少爺與報館編輯先生網開一面，叫小子多活兩天！

六　最可怕的人

我最怕兩種人：第一種是這樣的 —— 凡是他所不會的，別人若會，便是罪過。比如說：他自己寫不出幽默的文字來，所以他把幽默文學叫作文藝的膿汁，而一切有幽默感的文人都該加以破壞抗戰的罪過。他不下一番工夫去考查考查他所攻擊的東西到底是甚麼，而只因為他自己不會，便以為那東西該死。這是最要不得的態度，我怕有這種態度的人，因為他只會破壞，對人對己都全無好處。假若他做公務員，他便只有忌妒，甚至因忌妒別人而自己去做漢奸；假若他是文人，他便也只會忌妒，而一天到晚浪費筆墨，攻擊別人，且自鳴得意，說自己頗會批評 —— 其實是扯淡！這種

人亂罵別人，而自己永不求進步；他污穢了批評，且使自己的心裏堆滿了塵垢。

第二種是無聊的人。他的心比一個小酒盅還淺，而面皮比牆還厚。他無所知，而自信無所不知。他沒有不會幹的事，而一切都莫名其妙。他的談話只是運動運動脣齒舌喉，說不說與聽不聽都沒有多大關係。他還在你正在工作的時候來「拜訪」。看你正忙着，他趕快就說，不耽誤你的工夫。可是，說罷便安然坐下了 —— 兩個鐘頭以後，他還在那兒坐着呢！他必須談天氣，談空襲，談物價，而且隨時給你教訓：「有警報還是躲一躲好！」或是「到八月節物價還要漲！」他的這些話無可反駁，所以他會百說不厭，視為真理。我真怕這種人，他耽誤了我的時間，而自殺了他的生命！

七　衣

對於英國人，我真佩服他們的穿衣服的本領。一個有錢的或善交際的英國人，每天也許要換三四次衣服。開會，看賽馬，打球，跳舞……都須換衣服。據說：有人曾因穿衣脫衣的麻煩而自殺。我想這個自殺者並不是英國人。英國人的忍耐性使他們不會厭煩「穿」和「脫」，更不會使他們因此而自殺。

我並不反對穿衣要整潔，甚至不反對衣服要漂亮美觀。可是，假若教我一天換幾次衣服，我是也會自殺的。想想看，繫鈕扣解鈕扣，是多麼無聊的事！而鈕扣又是那麼多，那麼不靈敏，那麼不起好感，假若一天之中解了又繫，繫了

再解，至數次之多，誰能不感到厭世呢！

在抗戰數年中，生活是越來越苦了。既要抗戰，就必須受苦，我決不怨天尤人。再進一步，若能從苦中求樂，則不但可以不出怨言，而且可以得到一些興趣，豈不更好呢！在衣食住行人生四大麻煩中，食最不易由苦中求樂，菜根香一定香不過紅燒蹄髈！菜根使我貧血；「獅子頭」卻使我壯如雄獅！

住和行雖然不像食那樣一點不能將就，可是也不會怎樣苦中生樂。三伏天住在火爐子似的屋內，或金雞獨立地在汽車裏擠着，我都想掉淚，一點也找不出樂趣。

只有穿的方面，一個人確乎能由苦中找到快活。七七抗戰後，由家中逃出，我只帶着一件舊夾袍和一件破皮袍，身上穿着一件舊棉袍。這三袍不夠四季用的，也不夠幾年用的。所以，到了重慶，我就添置衣裳。主要的是灰布制服。這是一種「自來舊」的布做成的，一下水就一蹶不振，永遠難看。吳組緗先生名之為斯文掃地的衣服。可是，這種衣服給我許多方便 —— 簡直可以稱之為享受！我可以穿着褲子睡覺，而不必擔心褲縫直與不直；它反正永遠不會直立。我可以不必先看看座位，再去坐下；我的寶褲不怕泥土污穢，它原是自來舊。雨天走路，我不怕汽車。晴天有空襲，我的衣服的老鼠皮色便是偽裝。這種衣服給我舒適，因而有親切之感。它和我好像多年的老夫妻，彼此有完全的了解，沒有一點隔膜。

我希望抗戰勝利之後，還老穿着這種國難衣，倒不是為省錢，而是為舒服。

八　行

　　朋友們屢屢函約進城，始終不敢動。「行」在今日，不是甚麼好玩的事。看吧，從北碚到重慶第一就得出「挨擠費」一千四百四十元。所謂挨擠費者就是你須到車站去「等」，等多少時間？沒人能告訴你。幸而把車等來，你還得去擠着買票，假若你擠不上去，那是你自己的無能，只好再等。幸而票也擠到手，你就該到車上去挨擠。這一擠可厲害！你第一要證明了你的確是脊椎動物，無論如何你都能直挺挺地立着。第二，你須證明在進化論中，你確是猴子變的，所以現在你才能手腳並用，全身緊張而靈活，以免被擠成像四喜丸子似的一堆肉。第三，你須有「保護皮」，足以使你全身不怕傘柄、胳臂肘、腳尖、車窗，等等的戳、碰、刺、鈎；否則你會遍體鱗傷。第四，你須有不中暑發痧的把握，要有不怕把鼻子伸在有狐臭的腋下而不能動的本事……你須備有的條件太多了，都是因為你喜歡交那一千四百多元的挨擠費！

　　我頭昏，一擠就有變成爬蟲的可能，所以，我不敢動。

　　再說，在重慶住一星期，至少花五六千元；同時，還得耽誤一星期的寫作；兩面一算，使我膽寒！

　　以前，我一個人在流亡，一人吃飽便天下太平，所以東跑西跑，一點也不怕賠錢。現在，家小在身邊，一張嘴便是五六個嘴一齊來，於是嘴與膽子乃適成反比，嘴越多，膽子越小！

　　重慶的人們哪，設法派小汽車來接呀，否則我是不會去看你們的。你們還得每天給我們一千元零花。煙、酒都無須

供給，我已戒了。啊，笑話是笑話，說真的，我是多麼想念你們，多麼渴望見面暢談呀！

九　狗

中國狗恐怕是世界上最可憐最難看的狗。此處之「難看」並不指狗種而言，而是與「可憐」密切相關。無論狗的模樣身材如何，只要餵養得好，牠便會長得肥肥胖胖的，看着順眼。中國人窮。人且吃不飽，狗就更提不到了。因此，中國狗最難看；不是因為牠長得不體面，而是因為牠骨瘦如柴，終年夾着尾巴。

每逢我看見被遺棄的小野狗在街上尋找糞吃，我便要落淚。我並非是愛作傷感的人，動不動就要哭一鼻子。我看見小狗的可憐，也就是感到人民的貧窮。民富而後貓狗肥。

中國人動不動就說：我們地大物博。那也就是說，我們不用着急呀，我們有的是東西，永遠吃不完喝不盡哪！哼，請看看你們的狗吧！

還有：狗雖那麼摸不着吃（外國狗吃肉，中國狗吃糞；在動物學上，據說狗本是食肉獸），那麼隨便就被人踢兩腳，打兩棍，可是牠們還照舊地替人們服務。儘管牠們餓成皮包着骨，儘管牠們剛被主人踹了兩腳，牠們還是極忠誠地去盡看門守夜的責任。狗永遠不嫌主人窮。這樣的動物理應得到人們的讚美，而忠誠、義氣、安貧、勇敢，等等好字眼都該歸之於狗。可是，我不曉得為甚麼中國人不分黑白地把漢奸與小人叫作走狗，倒彷彿狗是不忠誠不義氣的動物。我為狗喊冤叫屈！

貓才是好吃懶作，有肉即來，無食即去的東西。洋奴與小人理應被叫作「走貓」。

或者是因為狗的脾氣好，不像貓那樣傲慢，所以中國人不說「走貓」而說「走狗」？假若真是那樣，我就又覺得人們未免有點「軟的欺，硬的怕」了！

不過，也許有一種狗，學名叫作「走狗」；那我還不大清楚。

十　帽

在七七抗戰後，從家中跑出來的時候，我的衣服雖都是舊的，而一頂呢帽卻是新的。那是秋天在濟南花了四元錢買的。

廿八年隨慰勞團到華北去，在沙漠中，一陣狂風把那頂呢帽颳去，我變成了無帽之人。假若我是在四川，我便不忙於去再買一頂 ── 那時候物價已開始要張開翅膀。可是，我是在北方，天已常常下雪，我不可一日無帽。於是，在寧夏，我花了六元錢買了一頂呢帽。在戰前它公公道道地值六角錢。這是一頂很頑皮的帽子。它沒有一定的顏色，似灰非灰，似紫非紫，似赭非赭，在陽光下，它彷彿有點發紅，在暗處又好似有點綠意。我只能用「五光十色」去形容它，才略為近似。它是呢帽，可是全無呢意。我記得呢子是柔軟的，這頂帽可是非常得堅硬，用指一彈，它噹噹地響。這種不知何處製造的硬呢會把我的腦門兒勒出一道小溝，使我很不舒服；我須時時摘下帽來，教腦袋休息一下！趕到淋了雨的時候，它就完全失去呢性，而變成鐵筋洋灰的了。因此，

回到重慶以後，我總是能不戴它就不戴；一看見它我就有點害怕。

因為怕它，所以我在白象街茶館與友擺龍門陣之際，我又買了一頂毛織的帽子。這一頂的確是軟的，軟得可以摺起來，我很高興。

不幸，這高興又是短命的。只戴了半個鐘頭，我的頭就好像發了火，癢得很。原來它是用野牛毛織成的。它使腦門熱得出汗，而後用那很硬的毛兒刺那張開的毛孔！這不是戴帽，而是上刑！

把這頂野牛毛帽放下，我還是得戴那頂鐵筋洋灰的呢帽。經雨淋、汗漚、風吹、日曬，到了今年，這頂硬呢帽不但沒有一定的顏色，也沒有一定的樣子了 —— 可是永遠不美觀。每逢戴上它，我就躲着鏡子；我知道我一看見它就必有斯文掃地之感！

前幾天，花了一百五十元把呢帽翻了一下。它的顏色竟自有了固定的傾向，全體都發了紅。它的式樣也因更硬了一些而暫時有了歸宿，它的確有點帽子樣兒了！它可是更硬了，不留神，帽簷碰在門上或硬東西上，硬碰硬，我的眼中就冒了火花！等着吧，等到抗戰勝利的那天，我首先把它用剪子鉸碎，看它還硬不硬！

十一　昨天

昨天一整天不快活。老下雨，老下雨，把人心都好像要下濕了！

有人來問往哪兒跑？答以：嘉陵江沒有蓋兒。鄰家聘

女。姑娘有二十二三歲，不難看。來了一頂轎子，她被人從屋中掏出來，放進轎中；轎夫抬起就走。她大聲地哭。沒有鑼鼓。轎子就那麼哭着走了。看罷，我想起幼時在鳥市上買鳥。販子從大籠中抓出鳥來，放在我的小籠中，鳥尖銳地叫。

黃狼夜間將花母雞叼去。今午，孩子們在山坡後把母雞找到。脖子上咬爛，別處都還好。他們主張還燉一燉吃了。我沒攔阻他們。亂世，雞也該死兩道的！

頭總是昏。一友來，又問：「何以不去打補針？」我笑而不答，心中很生氣。

正寫稿子，友來。我不好讓他坐。他不好意思坐下，又不好意思馬上就走。中國人總是過度的客氣。

友人函告某人如何，某事如何，即答以：「大家肯把心眼放大一些，不因事情不盡合己意而即指為惡事，則人世糾紛可減半矣！」發信後，心中仍在不快。

長篇小說越寫越不像話，而索短稿者且多，頗鬱鬱！

晚間屋冷話少，又戒了煙，呆坐無聊，八時即睡。這是值得記下來的一天 —— 沒有一件痛快事！在這樣的日子，連一句漂亮的話也寫不出！為甚麼我們沒有偉大的作品哪？哼，誰知道！

十二　傻子

在民間的故事與笑話裏，有許多許多是講兄弟三個，或姐妹三個，或盟兄弟三個，或女婿三個；第三個必定是傻子，而傻子得到最後的勝利。據說這種結構的公式是世界性

的，世界各處都有這樣的故事與笑話。為甚麼呢？因為人們是同情於弱者的。三弟三妹三女婿既最幼，又最傻，所以必須勝利。

和許多別種民間故事與笑話的含義一樣，這種同情弱者的表示可也許是「夫子自道也」，這就是説：人民有一肚子委屈而無處去訴，就只好想像出一位「臣包文正」，或北俠歐陽春來，給他們撐一撐腰，吐一口氣。同樣的，他們製造出弱者勝利的故事與笑話，也是為了自慰；故事與笑話中的傻子就是他們自己。他們自己既弱且愚，可是他們諷刺了那有勢力，有錢財，與有學問的人，他們感到勝利。

可是，這種諷刺的勝利到底是否真正的勝利，就不大好説。假若勝利必須是精神上的呢，他們大概可以算得了勝。反之，精神勝利若因無補於實際而算不得勝利，那就不大好辦了。

在我們的民間，這種傻子勝利的故事與笑話似乎比哪一國都多。我不知道，我應當慶祝他們已經得到勝利，還是應當把我的「怪難過的」之感告訴給他們。

甚 麼 是 幽 默

導讀

「幽默」即英語「humour」，是林語堂於 1924 年最早譯成「幽默」的，加之他在中國現代文壇提倡幽默影響很大，因而有「幽默大師」之稱。老舍先生曾是林語堂等人所辦幽默刊物《論語》的主要撰稿人之一，也是一位公認的幽默大家，本書收入的許多文章都展現了他的幽默心態與幽默藝術。

本文發表於 1956 年《北京文藝》三月號（現收入《老舍全集》第 17 卷），比較集中地表述了作者對於「幽默」問題的見解。「幽默文字不是老老實實的文字，它運用智慧，聰明，與種種招笑的技巧，使人讀了發笑，驚異，或啼笑皆非，受到教育。」「所謂幽默感就是看出事物的可笑之處，而用可笑的話來解釋它，或用幽默的辦法解決問題。」幽默作家必須「極會掌握語言文學」，「必須寫得俏皮，潑辣，警闢」，還必須「有極強的觀察力與想像力」，「能把生活中一切可笑的事，互相矛盾的事，都看出來，具體地加以描畫和批評」，也「能把觀察到的加以誇張，使人一看就笑起來，而且永遠不忘。」同時，幽默作家要心地「寬大爽朗，會體諒人」，「假若他自己有短處，他也會幽默地説出來，決不偏袒自己」，也決不譏笑別人身上「本該同情的某些缺陷」。老舍先生的這些深刻見解，在他的幽默文章中都有體現，值得我們仔細品味。

幽默是一個外國字的譯音，正像「摩托」和「德謨克拉西」等等都是外國字的譯音那樣。

為甚麼只譯音，不譯意呢？因為不好譯——我們不易找到一個非常合適的字，完全能夠表現原意。假若我們一定要去找，大概只有「滑稽」還相當接近原字。但是，「滑稽」不完全相等於「幽默」。「幽默」比「滑稽」的含意更廣一些，也更高超一些。「滑稽」可以只是開玩笑，而「幽默」有更高的企圖。凡是只為逗人哈哈一笑，沒有更深的意義的，都可以算作「滑稽」，而「幽默」則須有思想性與藝術性。

原來的那個外國字有好幾個不同的意思，不必在這一一介紹。我們只說一說現在我們怎麼用這個字。

英國的狄更斯、美國的馬克·吐溫，和俄羅斯的果戈理等偉大作家都一向被稱為幽默作家。他們的作品和別的偉大作品一樣地憎惡虛偽、狡詐等等惡德，同情弱者，被壓迫者，和受苦的人。但是，他們的愛與憎都是用幽默的筆墨寫出來的——這就是說，他們寫的招笑，有風趣。

我們的相聲就是幽默文章的一種。它諷刺，諷刺是與幽默分不開的，因為假若正顏厲色地教訓人便失去了諷刺的意味，它必須幽默地去奇襲側擊，使人先笑幾聲，而後細一咂摸，臉就紅起來。解放前通行的相聲段子，有許多只是打趣逗哏的「滑稽」，語言很庸俗，內容很空洞，只圖招人一笑，沒有多少教育意義和文藝味道。解放後新編的段子就不同了，它在語言上有了含蓄，在思想上多少盡到諷刺的責任，使人聽了要發笑，也要去反省。這大致地也可以說明

「滑稽」和「幽默」的不同。

幽默文字不是老老實實的文字，它運用智慧，聰明，與種種招笑的技巧，使人讀了發笑，驚異，或啼笑皆非，受到教育。我們讀一讀狄更斯的，馬克·吐溫的，和果戈理的作品，便能夠明白這個道理。聽一段好的相聲，也能明白些這個道理。

幽默的作家必是極會掌握語言文學的作家，他必須寫得俏皮，潑辣，警闢。幽默的作家也必須有極強的觀察力與想像力。因為觀察力極強，所以他能把生活中一切可笑的事，互相矛盾的事，都看出來，具體地加以描畫和批評。因為想像力極強，所以他能把觀察到的加以誇張，使人一看就笑起來，而且永遠不忘。

不論是作家與否，都可以有幽默感。所謂幽默感就是看出事物的可笑之處，而用可笑的話來解釋它，或用幽默的辦法解決問題。比如說，一個小孩見到一個生人，長着很大的鼻子；小孩子是不會客氣的，馬上叫出來：「大鼻子！」假若這位生人沒有幽默感呢，也許就會不高興，而孩子的父母也許感到難以為情。假若他有幽默感呢，他會笑着對小孩說：「就叫鼻子叔叔吧！」這不就大家一笑而解決了問題麼？

幽默的作家當然會有幽默感。這倒不是說他永遠以「一笑了之」的態度應付一切。不是，他是有極強的正義感的，決不饒恕壞人壞事。不過，他也看出社會上有些心地狹隘的人，動不動就發脾氣，鬧情緒，其實那都是三言兩語就可以解決的，用不着鬧得天翻地覆。所以，幽默作家的幽默感使

他既不饒恕壞人壞事，同時他的心地是寬大爽朗，會體諒人的。假若他自己有短處，他也會幽默地說出來，決不偏袒自己。

人的才能不一樣，有的人會幽默，有的人不會。不會幽默的人最好不必勉強耍俏，去寫幽默文章。清清楚楚、老老實實的文章也能是好文章。勉強耍幾個心眼，企圖取笑，反倒會弄巧成拙。更須注意：我們譏笑壞的品質和壞的行為，我們可絕對不許譏笑本該同情的某些缺陷。我們應該同情盲人，同情聾子或啞巴，絕對不許譏笑他們。

北 京 的 春 節

導讀

　　本文是老舍先生在新中國成立後寫的一篇介紹自己故鄉北京過春節的「老規矩」的散文,原載於 1951 年 1 月 25 日《新觀察》第 2 卷第 2 期,現收入《老舍全集》第 14 卷。

　　文章按照時間順序,比較詳細地敍述了從「臘七臘八」到「正月十九」北京人過春節的各種風俗習慣,展現出一幅多姿多彩的古都北京民俗長卷。臘八粥,雜拌兒,祭灶王,備吃食,守歲,拜年,逛廟會,看燈……作者在悠然回味的字裏行間流露着對故鄉的深情。把「臘八粥」説成「是小型的農業展覽會」,「是農業社會的一種自傲的表現」,説法新穎,很有見地。將除夕、元旦與元宵節對比,凸顯元宵節「明月當空」、「處處懸燈結綵」如辦喜事的「火熾」與「美麗」,令人印象深刻。文末特別指出「在舊社會裏,過年是與迷信分不開的。……也許,現在過年沒有以前那麼熱鬧了,可是多麼清醒健康呢。」反映了新中國所提倡的科學精神,也表達了作者對新時代的讚許。

　　總之,讀老舍先生此文,如聽一位和藹可親的老人講故事,娓娓道來,內容豐富,饒有趣味,令人着迷。

　　按照北京的老規矩，過農曆的新年（春節），差不多在臘月的初旬就開頭了。「臘七臘八，凍死寒鴉」，這是一年裏最冷的時候。可是，到了嚴冬，不久便是春天，所以人們並不因為寒冷而減少過年與迎春的熱情。在臘八那天，人家裏，寺觀裏，都熬臘八粥。這種特製的粥是祭祖祭神的，可是細一想，它倒是農業社會的一種自傲的表現——這種粥是用所有的各種的米，各種的豆，與各種的乾果（杏仁、核桃仁、瓜子、荔枝肉、蓮子、花生米、葡萄乾、菱角米……）熬成的。這不是粥，而是小型的農業展覽會。

　　臘八這天還要泡臘八蒜。把蒜瓣在這天放到高醋裏，封起來，為過年吃餃子用的。到年底，蒜泡得色如翡翠，而醋也有了些辣味，色味雙美，使人要多吃幾個餃子。在北京，過年時，家家吃餃子。

　　從臘八起，舖戶中就加緊地上年貨，街上加多了貨攤子——賣春聯的、賣年畫的、賣蜜供的、賣水仙花的等等都是只在這一季節才會出現的。這些趕年的攤子都教兒童們的心跳得特別快一些。在胡同裏，吆喝的聲音也比平時更多更複雜起來，其中也有僅在臘月才出現的，像賣憲書的、松枝的、薏仁米的、年糕的等等。

　　在有皇帝的時候，學童們到臘月十九日就不上學了，放年假一月。兒童們準備過年，差不多第一件事是買雜拌兒。這是用各種乾果（花生、膠棗、榛子、栗子等）與蜜餞攪和成的，普通的帶皮，高級的沒有皮——例如：普通的用帶皮的榛子，高級的用榛瓤兒。兒童們喜吃這些零七八碎兒，即使沒有餃子吃，也必須買雜拌兒。他們的第二件大事是買

爆竹，特別是男孩子們。恐怕第三件事才是買玩藝兒 ——
風箏、空竹、口琴等 —— 和年畫兒。

兒童們忙亂，大人們也緊張。他們須預備過年吃的使的
喝的一切。他們也必須給兒童趕快做新鞋新衣，好在新年時
顯出萬象更新的氣象。

二十三日過小年，差不多就是過新年的「彩排」。在
舊社會裏，這天晚上家家祭灶王，從一擦黑兒[①]鞭炮就響起
來，隨着炮聲把灶王的紙像焚化，美其名叫送灶王上天。在
前幾天，街上就有多少多少賣麥芽糖與江米糖的，糖形或為
長方塊或為大小瓜形。按舊日的説法：用糖黏住灶王的嘴，
他到了天上就不會向玉皇報告家庭中的壞事了。現在，還有
賣糖的，但是只由大家享用，並不再黏灶王的嘴了。

過了二十三，大家就更忙起來，新年眨眼就到了啊。
在除夕以前，家家必須把春聯貼好，必須大掃除一次，名曰
掃房。必須把肉、雞、魚、青菜、年糕甚麼的都預備充足，
至少足夠吃用一個星期的 —— 按老習慣，舖戶多數關五天
門，到正月初六才開張。假若不預備下幾天的吃食，臨時不
容易補充。還有，舊社會裏的老媽媽論，講究在除夕把一切
該切出來的東西都切出來，省得在正月初一到初五再動刀，
動刀剪是不吉利的。這含有迷信的意思，不過它也表現了我
們確是愛和平的人，在一歲之首連切菜刀都不願動一動。

除夕真熱鬧。家家趕作年菜，到處是酒肉的香味。老

① 擦黑兒，方言，傍晚。

少男女都穿起新衣，門外貼好紅紅的對聯，屋裏貼好各色的年畫，哪一家都燈火通宵，不許間斷，炮聲日夜不絕。在外邊做事的人，除非萬不得已，必定趕回家來，吃團圓飯，祭祖。這一夜，除了很小的孩子，沒有甚麼人睡覺，而都要守歲。

元旦[2]的光景與除夕截然不同：除夕，街上擠滿了人；元旦，舖戶都上着板子，門前堆着昨夜燃放的爆竹紙皮，全城都在休息。

男人們在午前就出動，到親戚家，朋友家去拜年。女人們在家中接待客人。同時，城內城外有許多寺院開放，任人遊覽，小販們在廟外擺攤，賣茶、食品和各種玩具。北城外的大鐘寺、西城外的白雲觀、南城的火神廟（廠甸）是最有名的。可是，開廟最初的兩三天，並不十分熱鬧，因為人們還正忙着彼此賀年，無暇及此。到了初五六，廟會開始風光起來，小孩們特別熱心去逛，為的是到城外看看野景，可以騎毛驢，還能買到那些新年特有的玩具。白雲觀外的廣場上有賽轎車賽馬的；在老年間，據說還有賽駱駝的。這些比賽並不爭取誰第一誰第二，而是在觀眾面前表演驃馬與騎者的美好姿態與技能。

多數的舖戶在初六開張，又放鞭炮，從天亮到清早，全城的炮聲不絕。雖然開了張，可是除了賣吃食與其他重要日用品的舖子，大家並不很忙，舖中的伙計們還可以輪流着去

---

② 　元旦，此處指的是大年初一。

逛廟、逛天橋和聽戲。

元宵（湯圓）上市，新年的高潮到了 —— 元宵節（從正月十三到十七）。除夕是熱鬧的，可是沒有月光；元宵節呢，恰好是明月當空。元旦是體面的，家家門前貼着鮮紅的春聯，人們穿着新衣裳，可是它還不夠美。元宵節，處處懸燈結綵，整條的大街像是辦喜事，火熾而美麗。有名的老舖都要掛出幾百盞燈來，有的一律是玻璃的，有的清一色是牛角的，有的都是紗燈；有的各形各色，有的通通彩繪全部《紅樓夢》或《水滸傳》故事。這，在當年，也就是一種廣告；燈一懸起，任何人都可以進到舖中參觀；晚間燈中都點上燭，觀者就更多。這廣告可不庸俗。乾果店在燈節還要做一批雜拌兒生意，所以每每獨出心裁的，製成各樣的冰燈，或用麥苗做成一兩條碧綠的長龍，把顧客招來。

除了懸燈，廣場上還放花盒。在城隍廟裏並且燃起火判，火舌由判官的泥像的口、耳、鼻、眼中伸吐出來。公園裏放起天燈，像巨星似的飛到天空。

男男女女都出來踏月、看燈、看焰火；街上的人擁擠不動。在舊社會裏，女人們輕易不出門，她們可以在燈節裏得到些自由。

小孩子們買各種花炮燃放，即使不跑到街上去淘氣，在家中照樣能有聲有光地玩耍。家中也有燈：走馬燈 —— 原始的電影 —— 宮燈、各形各色的紙燈，還有紗燈，裏面有小鈴，到時候就叮叮地響。大家還必須吃湯圓呀。這的確是美好快樂的日子。

一眨眼，到了殘燈末廟，學生該去上學，大人又去照常

做事，新年在正月十九結束了。臘月和正月，在農村社會裏正是大家最閒在的時候，而豬牛羊等也正長成，所以大家要殺豬宰羊，酬勞一年的辛苦。過了燈節，天氣轉暖，大家就又去忙着幹活了。北京雖是城市，可是它也跟着農村社會一齊過年，而且過得分外熱鬧。

在舊社會裏，過年是與迷信分不開的。臘八粥，關東糖，除夕的餃子，都須先去供佛，而後人們再享用。除夕要接神；大年初二要祭財神，吃元寶湯（餛飩），而且有的人要到財神廟去借紙元寶，搶燒頭股香。正月初八要給老人們順星、祈壽。因此那時候最大的一筆浪費是買香蠟紙馬的錢。現在，大家都不迷信了，也就省下這筆開銷，用到有用的地方去。特別值得提到的是現在的兒童只快活地過年，而不受那迷信的熏染，他們只有快樂，而沒有恐懼 —— 怕神怕鬼。也許，現在過年沒有以前那麼熱鬧了，可是多麼清醒健康呢。以前，人們過年是託神鬼的庇佑，現在是大家勞動終歲，大家也應當快樂地過年。

養花

導讀

　　本文發表於 1956 年 10 月 21 日《文匯報》，後收入《老舍全集》第 14 卷，寫的是老舍先生的業餘愛好——養花。作者以親切、自然的語言，記述自己養花的實踐與體會，十分凝練地總結了「養花的樂趣」：「有喜有憂，有笑有淚，有花有實，有香有色，既須勞動，又長見識」。文章雖然短小，但是結構很嚴謹，層次很清楚。七個自然段，依次寫了養花的目的（「當做生活中的一種樂趣」），養甚麼花（「好種易活、自己會奮鬥的花草」），怎麼養花（「天天照管它們」、「關切它們」），養花的好處（「有益身心」、「有意思」），養花的成就感（「感到驕傲」、「特別喜歡」），養花的憂傷（「全家都幾天沒有笑容」），最後總結「養花的樂趣」，與第一段形成呼應，圓滿結束全文。第四段寫自己工作時寫作與養花的「循環」、變天時全家「搶救花草」的「緊張」與勞累，用了不少重複的筆墨，卻並不顯得囉唆，反而令人印象深刻，這充分顯示了作者駕馭語言的能力。

我愛花，所以也愛養花。我可還沒成為養花專家，因為沒有工夫去做研究與試驗。我只把養花當做生活中的一種樂趣，花開得大小好壞都不計較，只要開花，我就高興。在我的小院中，到夏天，滿是花草，小貓兒們只好上房去玩耍，地上沒有牠們的運動場。

　　花雖多，但無奇花異草。珍貴的花草不易養活，看着一棵好花生病欲死是件難過的事。我不願時時落淚。北京的氣候，對養花來説，不算很好。冬天冷，春天多風，夏天不是乾旱就是大雨傾盆；秋天最好，可是忽然會鬧霜凍。在這種氣候裏，想把南方的好花養活，我還沒有那麼大的本事。因此，我只養些好種易活、自己會奮鬥的花草。

　　不過，儘管花草自己會奮鬥，我若置之不理，任其自生自滅，它們多數還是會死了的。我得天天照管它們，像好朋友似的關切它們。一來二去，我摸着一些門道：有的喜陰，就別放在太陽地裏，有的喜乾，就別多澆水。這是個樂趣，摸住門道，花草養活了，而且三年五載老活着、開花，多麼有意思呀！不是亂吹，這就是知識呀！多得些知識，一定不是壞事。

　　我不是有腿病嗎，不但不利於行，也不利於久坐。我不知道花草們受我的照顧，感謝我不感謝；我可得感謝它們。在我工作的時候，我總是寫了幾十個字，就到院中去看看，澆澆這棵，搬搬那盆，然後回到屋中再寫一點，然後再出去，如此循環，把腦力勞動與體力勞動結合到一起，有益身心，勝於吃藥。要是趕上狂風暴雨或天氣突變哪，就得全家動員，搶救花草，十分緊張。幾百盆花，都要很快地搶到屋

裏去，使人腰痠腿疼，熱汗直流。第二天，天氣好轉，又得把花兒都搬出去，就又一次腰痠腿疼，熱汗直流。可是，這多麼有意思呀！不勞動，連棵花兒也養不活，這難道不是真理嗎？

送牛奶的同志，進門就誇「好香」！這使我們全家都感到驕傲。趕到曇花開放的時候，約幾位朋友來看看，更有秉燭夜遊的神氣 —— 曇花總在夜裏放蕊。花兒分根了，一棵分為數棵，就贈給朋友們一些；看着友人拿走自己的勞動果實，心裏自然特別喜歡。

當然，也有傷心的時候，今年夏天就有這麼一回。三百株菊秧還在地上（沒到移入盆中的時候），下了暴雨。鄰家的牆倒了下來，菊秧被砸死者約三十多種，一百多棵！全家都幾天沒有笑容！

有喜有憂，有笑有淚，有花有實，有香有色，既須勞動，又長見識，這就是養花的樂趣。

貓

導讀

　　貓是我們日常生活中最常見的動物之一，但要寫出牠的特點並不容易。老舍先生的這篇散文，就抓住「古怪」與「可愛」這兩個關鍵詞，突出描繪了貓的性格與行為特徵，把這種小動物寫得活靈活現，躍然紙上。

　　文章開篇就說「貓的性格實在有些古怪」，然後用大量的生活細節，從正反兩面來寫牠有時「老實」、有時任性，有時「貪玩」、有時「盡職」，有時「溫柔可親」、有時「倔強得很」，有時「甚麼都怕」、有時「那麼勇猛」，有時討人厭、有時招人愛，女貓「看護兒女」、郎貓不負責任……如此這般，就把貓的性格與行為的複雜性表現得很全面、很立體了。寫貓的「可愛」，則主要聚焦於「過了滿月的小貓們」，突出表現牠們的「淘氣」及其導致花草遭殃的「矛盾」。文章最後幾段討論「貓的地位」和「貓的命運」問題，則與我們現在的情況相去較遠。本文發表於 1959 年 8 月 16 日《新觀察》第 16 期「政論與雜文」專欄，後收入《老舍全集》第 15 卷。

貓的性格實在有些古怪。說牠老實吧，牠的確有時候很乖。牠會找個暖和地方，成天睡大覺，無憂無慮。甚麼事也不過問。可是，趕到牠決定要出去玩玩，就會走出一天一夜，任憑誰怎麼呼喚，牠也不肯回來。說牠貪玩吧，的確是呀，要不怎麼會一天一夜不回家呢？可是，及至牠聽到點老鼠的響動啊，牠又多麼盡職，閉息凝視，一連就是幾個鐘頭，非把老鼠等出來不拉倒！

牠要是高興，能比誰都溫柔可親：用身子蹭你的腿，把脖兒伸出來要求給抓癢，或是在你寫稿子的時候，跳上桌來，在紙上踩印幾朵小梅花。牠還會豐富多腔地叫喚，長短不同，粗細各異，變化多端，力避單調。在不叫的時候，牠還會咕嚕咕嚕地給自己解悶。這可都憑牠的高興。牠若是不高興啊，無論誰說多少好話，牠一聲也不出，連半個小梅花也不肯印在稿紙上！牠倔強得很！

是，貓的確是倔強。看吧，大馬戲團裏甚麼獅子、老虎、大象、狗熊，甚至於笨驢，都能表演一些玩藝兒，可是誰見過耍貓呢？（昨天才聽說：蘇聯的某馬戲團裏確有耍貓的，我當然還沒親眼見過。）

這種小動物確是古怪。不管你多麼善待牠，牠也不肯跟着你上街去逛逛。牠甚麼都怕，總想藏起來。可是牠又那麼勇猛，不要說見着小蟲和老鼠，就是遇上蛇也敢鬥一鬥。牠的嘴往往被蜂兒或蠍子螫得腫起來。

趕到貓兒們一講起戀愛來，那就鬧得一條街的人們都不能安睡。牠們的叫聲是那麼尖銳刺耳，使人覺得世界上若是沒有貓啊，一定會更平靜一些。

可是，及至女貓生下兩三個棉花團似的小貓啊，你又不恨牠了。牠是那麼盡責地看護兒女，連上房兜兜風也不肯去了。

郎貓可不那麼負責，牠絲毫不關心兒女。牠或睡大覺，或上屋去亂叫，有機會就和鄰居們打一架，身上的毛兒滾成了氈，滿臉橫七豎八都是傷痕，看起來實在不大體面。好在牠沒有照鏡子的習慣，依然昂首闊步，大喊大叫，牠匆忙地吃兩口東西，就又去挑戰開打。有時候，牠兩天兩夜不回家，可是當你以為牠可能已經遠走高飛了，牠卻瘸着腿大敗而歸，直入廚房要東西吃。

過了滿月的小貓們真是可愛，腿腳還不甚穩，可是已經學會淘氣。媽媽的尾巴，一根雞毛，都是牠們的好玩具，耍上沒結沒完。一玩起來，牠們不知要摔多少跟頭，但是跌倒即馬上起來，再跑再跌。牠們的頭撞在門上，桌腿上，和彼此的頭上。撞疼了也不哭。

牠們的膽子越來越大，逐漸開闢新的遊戲場所。牠們到院子裏來了。院中的花草可遭了殃。牠們在花盆裏摔跤，抱着花枝打鞦韆，所過之處，枝折花落。你不肯責打牠們，牠們是那麼生氣勃勃，天真可愛呀。可是，你也愛花。這個矛盾就不易處理。

現在，還有新的問題呢：老鼠已差不多都被消滅了，貓還有甚麼用處呢？而且，貓既吃不着老鼠，就會想辦法去偷捉雞雛或小鴨甚麼的開開齋。這難道不是問題麼？

在我的朋友裏頗有些位愛貓的。不知他們注意到這些問題沒有？記得二十年前在重慶住着的時候，那裏的貓很珍

貴，須花錢去買。在當時，那裏的老鼠是那麼猖狂，小貓反倒須放在籠子裏養着，以免被老鼠吃掉。據說，目前在重慶已很不容易見到老鼠。那麼，那裏的貓呢？是不是已經不放在籠子裏，還是根本不養貓了呢？這須打聽一下，以備參考。

也記得三十年前，在一艘法國輪船上，我吃過一次貓肉。事前，我並不知道那是甚麼肉，因為不識法文，看不懂菜單。貓肉並不難吃，雖不甚香美，可也沒甚麼怪味道。是不是該把貓都送往法國輪船上去呢？我很難作出決定。

貓的地位的確降低了，而且發生了些小問題。可是，我並不為貓的命運多耽甚麼心思。想想看吧，要不是滅鼠運動得到了很大的成功，消除了巨害，貓的威風怎會減少了呢？兩相比較，滅鼠比愛貓更重要的多，不是嗎？我想，世界上總會有那麼一天，一切都機械化了，不是連騾馬也會有點問題嗎？可是，誰能因擔憂騾馬沒有事做而放棄了機械化呢？

內蒙風光（節選）

導讀

　　1961 年夏天，老舍先生應邀到內蒙古東部和西部地區參觀訪問了一個多月。本文是他訪問歸來後寫的一篇「分段介紹一些內蒙風光」的散文佳作，發表於 1961 年 10 月 13 日《人民日報》。原文共有七節，後節選出其中四節（「林海」、「草原」、「漁場」、「風景區」），收入《老舍全集》第 15 卷。

　　本文的語言優美清新、情文並茂，在寫景敍事中傳達了作者對祖國山河的熱愛和對民族團結的祝福，也展示了這位語言大師純熟的文字技巧和高妙的藝術魅力。例如寫風景：「興安嶺多麼會打扮自己呀：青松作衫，白樺為裙，還穿着繡花鞋呀。」「每條嶺都是那麼温柔，雖然下自山腳，上至嶺頂，長滿了珍貴的林木，可是誰也不孤峯突起，盛氣凌人。」運用擬人的手法，又親切又傳神地呈現出興安嶺的外貌與內涵。再如寫羊羣：「羊羣一會兒上了小丘，一會兒又下來，走在哪裏都像給無邊的綠毯繡上了白色的大花。」寫人羣：「忽然，像被一陣風吹來的，遠丘上出現了一羣馬，馬上的男女老少穿着各色的衣裳，馬疾馳，襟飄帶舞，像一條彩虹向我們飛過來。」運用比喻的手法，又貼切又生動，再現了內蒙古大草原的獨特美景和蒙古族同胞熱情歡迎客人的動人場景，凸顯了草原的自然美和人情美。

　　1961 年夏天，我們 —— 作家、畫家、音樂家、舞蹈家、歌唱家等共二十來人，應內蒙古自治區烏蘭夫同志的邀請，由中央文化部、民族事務委員會和中國文聯進行組織，到內蒙古東部和西部參觀訪問了八個星期。陪同我們的是內蒙古文化局的布赫同志。他給我們安排了很好的參觀程序，使我們在不甚長的時間內看到林區、牧區、農區、漁場、風景區和工業基地；也看到了一些古跡、學校和展覽館；並且參加了各處的文藝活動，交流經驗，互相學習。到處，我們都受到領導同志們和各族人民的歡迎與幫助，十分感激！

　　以上作為小引。下面我願分段介紹一些內蒙風光。

林海

　　這說的是大興安嶺。自幼就在地理課本上見到過這個山名，並且記住了它，或者是因為「大興安嶺」四個字的聲音既響亮，又含有興國安邦的意思吧。是的，這個悅耳的名字使我感到親切、舒服。可是，那個「嶺」字出了點岔子：我總以為它是奇峯怪石，高不可攀的。這回，有機會看到它，並且進到原始森林裏邊去，腳落在千年萬年積累的幾尺厚的松針上，手摸到那些古木，才真的證實了那種親切與舒服並非空想。

　　對了，這個「嶺」字，可跟秦嶺的「嶺」字不大一樣。嶺的確很多，高點的，矮點的，長點的，短點的，橫着的，順着的，可是沒有一條使人想起「雲橫秦嶺」那種險句。多少條嶺啊，在疾馳的火車上看了幾個鐘頭，既看不完，也看

不厭。每條嶺都是那麼溫柔，雖然下自山腳，上至嶺頂，長滿了珍貴的林木，可是誰也不孤峯突起，盛氣凌人。

目之所及，哪裏都是綠的。的確是林海。羣嶺起伏是林海的波浪。多少種綠顏色呀：深的，淺的，明的，暗的，綠得難以形容，綠得無以名之。我雖謅了兩句：「高嶺蒼茫低嶺翠，幼林明媚母林幽」，但總覺得離眼前實景還相差很遠。恐怕只有畫家才能夠寫下這麼多的綠顏色來吧？

興安嶺上千般寶，第一應誇落葉松。是的，這是落葉松的海洋。看，「海」邊上不是還有些白的浪花嗎？那是些俏麗的白樺，樹幹是銀白色的。在陽光下，一片青松的邊沿，閃動着白樺的銀裙，不像海邊上的浪花麼？

兩山之間往往流動着清可見底的溪河，河岸上有多少野花呀。我是愛花的人，到這裏我卻叫不出那些花的名兒來。興安嶺多麼會打扮自己呀：青松作衫，白樺為裙，還穿着繡花鞋呀。連樹與樹之間的空隙也不缺乏色彩：在松影下開着各種的小花，招來各色的小蝴蝶 —— 牠們很親熱地落在客人的身上。花叢裏還隱藏着像珊瑚珠似的小紅豆，興安嶺中酒廠所造的紅豆酒就是用這些小野果釀成的，味道很好。

就憑上述的一些風光，或者已經足以使我們感到興安嶺的親切可愛了。還不盡然：誰進入嶺中，看到那數不盡的青松白樺，能夠不馬上向四面八方望一望呢？有多少省份用過這裏的木材呀！大至礦井、鐵路，小至桌椅、橡柱，有幾個省市的建設與興安嶺完全沒有關係呢？這麼一想，「親切」與「舒服」這種字樣用來就大有根據了。所以，興安嶺越看越可愛！是的，我們在圖畫中或地面上看到奇山怪嶺，也

會發生一種美感，可是，這種美感似乎是起於驚異與好奇。興安嶺的可愛，就在於它美得並不空洞。它的千山一碧，萬古常青，又恰好與廣廈、良材聯繫起來。於是，它的美麗就與建設結為一體，不僅使我們拍掌稱奇，而且叫心中感到溫暖，因而親切、舒服。

哎呀，是不是誤投誤撞跑到美學問題上來了呢？假若是那樣，我想：把美與實用價值聯繫起來，也未必不好。我愛興安嶺，也更愛興安嶺與我們生活上的親切關係。它的美麗不是孤立的，而是與我們的建設分不開的。它使不遠千里而來的客人感到應當愛護它，感謝它。

及至看到林場，這種親切之感便更加深厚了。我們伐木取材，也造林護樹，左手砍，右手栽。我們不僅取寶，也作科學研究，使林海不但能夠萬古常青，而且百計千方，綜合利用。山林中已有了不少的市鎮，給興安嶺添上了新的景色，添上了愉快的勞動歌聲。人與山的關係日益密切，怎能夠使我們不感到親切、舒服呢？我不曉得當初為甚麼管它叫作興安嶺，由今天看來，它的確含有興國安邦的意義了。

草原

自幼就見過「天蒼蒼，野茫茫，風吹草低見牛羊」這類的詞句。這曾經發生過不太好的影響，使人怕到北邊去。這次，我看到了草原。那裏的天比別處的天更可愛，空氣是那麼清鮮，天空是那麼明朗，使我總想高歌一曲，表示我的愉快。在天底下，一碧千里，而並不茫茫。四面都有小丘，平地是綠的，小丘也是綠的。羊羣一會兒上了小丘，一會兒又

下來，走在哪裏都像給無邊的綠毯繡上了白色的大花。那些小丘的線條是那麼柔美，就像沒骨畫那樣，只用綠色渲染，沒有用筆勾勒，於是，到處翠色欲流，輕輕流入雲際。這種境界，既使人驚歎，又叫人舒服，既願久立四望，又想坐下低吟一首奇麗的小詩。在這境界裏，連駿馬與大牛都有時候靜立不動，好像回味着草原的無限樂趣。紫塞，紫塞，誰說的？這是個翡翠的世界。連江南也未必有這樣的景色啊！

我們訪問的是陳巴爾虎旗的牧業公社。汽車走了一百五十華里，才到達目的地。一百五十里全是草原。再走一百五十里，也還是草原。草原上行車至為灑脫，只要方向不錯，怎麼走都可以。初入草原，聽不見一點聲音，也看不見甚麼東西，除了一些忽飛忽落的小鳥。走了許久，遠遠地望見了迂迴的，明如玻璃的一條帶子。河！牛羊多起來，也看到了馬羣，隱隱有鞭子的輕響。快了，快到公社了。忽然，像被一陣風吹來的，遠丘上出現了一羣馬，馬上的男女老少穿着各色的衣裳，馬疾馳，襟飄帶舞，像一條彩虹向我們飛過來。這是主人來到幾十里外，歡迎遠客。見到我們，主人們立刻撥轉馬頭，歡呼着，飛馳着，在汽車左右與前面引路。靜寂的草原，熱鬧起來：歡呼聲，車聲，馬蹄聲，響成一片。車、馬飛過了小丘，看見了幾座蒙古包。

蒙古包外，許多匹馬，許多輛車。人很多，都是從幾十里外乘馬或坐車來看我們的。我們約請了海拉爾的一位女舞蹈員給我們做翻譯。她的名字漂亮 —— 水晶花。她就是陳旗的人，鄂溫克族。主人們下了馬，我們下了車。也不知道是誰的手，總是熱乎乎地握着，握住不散。我們用不着水晶

花同志給做翻譯了。大家的語言不同，心可是一樣。握手再握手，笑了再笑。你說你的，我說我的，總的意思都是民族團結互助！

也不知怎的，就進了蒙古包。奶茶倒上了，奶豆腐擺上了，主客都盤腿坐下，誰都有禮貌，誰都又那麼親熱，一點不拘束。不大會兒，好客的主人端進來大盤子的手抓羊肉和奶酒。公社的幹部向我們敬酒，七十歲的老翁向我們敬酒。正是：

祝福頻頻難盡意，舉杯切切莫相忘！

我們回敬，主人再舉杯，我們再回敬。這時候鄂溫克姑娘們，戴着尖尖的帽兒，既大方，又稍有點羞澀，來給客人們唱民歌。我們同行的歌手也趕緊唱起來。歌聲似乎比甚麼語言都更響亮，都更感人，不管唱的是甚麼，聽者總會露出會心的微笑。

飯後，小伙子們表演套馬，摔跤，姑娘們表演了民族舞蹈。客人們也舞的舞，唱的唱，並且要騎一騎蒙古馬。太陽已經偏西，誰也不肯走。是呀！蒙漢情深何忍別，天涯碧草話斜陽！

人的生活變了，草原上的一切都也隨着變。就拿蒙古包說吧，從前每被呼為氈廬，今天卻變了樣，是用木條與草稈作成的，為是夏天住着涼爽，到冬天再改裝。看那馬羣吧，既有短小精悍的蒙古馬，也有高大的新種三河馬。這種大馬真體面，一看就令人想起「龍馬精神」這類的話兒，並且想

騎上牠，馳騁萬里。牛也改了種，有的重達千斤，乳房像小缸。牛肥草香乳如泉啊！並非浮誇。羊羣裏既有原來的大尾羊，也添了新種的短尾細毛羊，前者肉美，後者毛好。是的，人畜兩旺，就是草原上的新氣象之一。

漁場

這些漁場既不在東海，也不在太湖，而是在祖國的最北邊，離滿洲里不遠。我說的是達賚湖[①]。若是有人不信在邊疆的最北邊還能夠打魚，就請他自己去看看。到了那裏，他就會認識到祖國有多麼偉大，而內蒙古也並不僅有風沙和駱駝，像前人所說的那樣。內蒙古不是甚麼塞外，而是資源豐富的寶地，建設祖國必不可缺少的寶地！

據說：這裏的水有多麼深，魚有多麼厚。我們吃到湖中的魚，非常肥美。水好，所以魚肥。有三條河流入湖中，而三條河都經過草原，所以湖水一碧千頃 —— 草原青未了，又到綠波前。湖上飛翔着許多白鷗。在碧岸、翠湖、青天、白鷗之間遊盪着漁船，何等迷人的美景！

我們去遊湖。開船的是一位廣東青年，長得十分英俊，肩闊腰圓，一身都是力氣。他熱愛這座湖，不怕冬天的嚴寒，不管甚麼天南地北，興高采烈地在這裏工作。他喜愛文學，讀過不少的文學名著。他不因喜愛文學而藏在温暖的圖書館裏，他要碰碰北國冬季的堅冰，打出魚來，支援各地。

① 　達賚（lài）湖，地名，位於內蒙古呼倫貝爾，中國第四大淡水湖。

是的，內蒙古儘管有無窮的寶藏，若是沒有人肯動手採取，便連魚也會死在水裏。可惜，我忘了這位好青年的姓名。我相信他會原諒我，他不會是因求名求利而來到這裏的。

風景區

扎蘭屯真無愧是塞上的一顆珍珠。多麼幽美呀！它不像蘇杭那麼明媚，也沒有天山萬古積雪的氣勢，可是它獨具風格，幽美得迷人。它幾乎沒有甚麼人工的雕飾，只是純係自然的那麼一些山川草木。誰也指不出哪裏是一「景」，可是誰也不能否認它處處美麗。它沒有甚麼石碑，刻着甚麼甚麼煙樹，或甚麼甚麼奇觀。它只是那麼純樸地，大方地，靜靜地，等待着遊人。沒有遊人呢，也沒大關係。它並不有意地裝飾起來，向遊人索要詩詞。它自己便充滿了最純樸的詩情詞韻。

四面都有小山，既無奇峯，也沒有古寺，只是那麼靜靜地在青天下繡成一個翠環。環中間有一條河，河岸上這裏多些，那裏少些，隨便地長着綠柳白楊。幾頭黃牛，一小羣白羊，在有陽光的地方低着頭吃草，並看不見牧童。也許有，恐怕是藏在柳蔭下釣魚呢。河岸是綠的。高坡也是綠的。綠色一直接上了遠遠的青山。這種綠色使人在夢裏也忘不了，好像細緻地染在心靈裏。

綠草中有多少花呀。石竹，桔梗，還有許多說不上名兒的，都那麼毫不矜持地開着各色的花，吐着各種香味，招來無數的鳳蝶，閒散而又忙碌地飛來飛去。既不必找小亭，也不必找石墩，就隨便坐在綠地上吧。風兒多麼清涼，日光

可又那麼和暖，使人在涼暖之間，想閉上眼睡去，所謂「陶醉」，也許就是這樣吧？

夕陽在山，該回去了。路上到處還是那麼綠，還有那麼多的草木，可是總看不厭。這裏有一片蕎麥，開着密密的白花；那裏有一片高粱，在微風裏搖動着紅穗。也必須立定看一看，平常的東西放在這裏彷彿就與眾不同。正是因為有些蕎麥與高粱，我們才越覺得全部風景的自自然然，幽美而親切。看，那間小屋上的金黃的大瓜嘟！也得看好大半天，彷彿向來也沒有看見過！

是不是因為扎蘭屯在內蒙古，所以才把五分美說成十分呢？一點也不是！我們不便拿它和蘇杭或桂林山水作比較，但是假若非比一比不可的話，最公平的說法便是各有千秋。「天蒼蒼，野茫茫」在這裏就越發顯得不恰當了。我並非在這裏單純地宣傳美景，我是要指出，並希望矯正以往對內蒙古的那種不正確的看法。知道了一點實際情況，像扎蘭屯的美麗，或者就不至於再一聽到「口外」、「關外」等名詞，便想起八月飛雪，萬里流沙，望而生畏了。

春聯

◖ 導讀

　　本文是老舍先生講解、示範如何寫春聯的一篇短文，原載於 1962 年 2 月 3 日《北京日報》副刊「文化生活」，現收入《老舍全集》第 15 卷。文章開頭指出貼春聯的意義在於「增加喜氣」、「讚美春天」和「鼓舞士氣」，強調春聯「起碼要左右平衡，不許一隻靴子一隻鞋」，然後親自「練習一番」，展示自己編寫的六副春聯並解釋其中的寓意，最後通過今昔對比說明北京春聯的「進步」，以此「證明不要厚古薄今」。作者寫給自己的一聯「付出九牛二虎力，不作七拼八湊文」，既說出了寫作「必須賣盡力氣」、「最忌七拼八湊」的道理，也表現了這位文學大師謙虛謹慎的創作態度和精神氣質。正如作者所言，「編寫春聯也是練習文字運用之一道」，讀者朋友也可以在日常生活中多加嘗試和練習，以提高語言表達能力。

歡度春節，要貼春聯。大紅的紙，黑亮的字，分貼門旁，的確增加喜氣。寫的又都是讚美春天或鼓舞士氣的話語，更非全無意義。這個形式為漢語所獨有，一個字對一個字，不能此長彼短；兩腿一樣長，站得穩穩當當，看起來頗覺舒服。因此，編寫春聯也是練習文字運用之一道，起碼要左右平衡，不許一隻靴子一隻鞋。

　　如此說來，練習一番便了。

　　第一聯是說今年春節在月份牌上的特點：舊除夕正趕上立春，雙重喜氣，理當祝賀。聯曰：

　　除夕立春同日雙節
　　隨時進步一刻千金

　　對仗雖不甚工，可是相信道出了迎春的心情。是的，春天即來，應當人人奮勇，個個爭先，爭取今年的工作成績確比去年的更強。

　　第二聯是寫給我的兒女的：

　　勞逸妥安排健康多福
　　油鹽休浪費勤儉持家

　　我願意看到他們都幹勁沖天，可也希望他們會勞逸結合，注意健康，以免進攻很猛，而後力不佳。他們都不愛亂花錢，下聯所言，希望鞏固下來，把勤儉持家成為家庭傳統。

贈北京人民藝術劇院一聯：

人民要好戲
藝術登高峯

既有此聯，就須也給青年藝術劇院寫一副，兩家都是我
的好友啊。

破浪乘風前途無量
降龍伏虎幹勁沖天

這一聯未免過猛一些，而又不許下小注，怎麼辦呢？對
了，以「輕鬆愉快」當橫批，不就行了麼？
贈詩人臧克家一聯，已寫好送去。其他各聯，因沒有時
間研墨，無法寫在紅紙上。克家好學，為人豪爽，故曰：

學知不足
文如其人

最後，還得給自己寫一聯：

付出九牛二虎力
不作七拼八湊文

作文章最忌七拼八湊。欲免此弊，必須賣盡力氣，不怕改了再改；實在無法再改，可是還不通暢，那就從頭另寫，甚至寫好幾回。我不能經常這樣，有時候一忙，就勉強交卷，以後應當改正。

　　在我十來歲的時候，春節以前總去幫着塾師或大師哥在街上擺對子攤。我的任務是研墨和為他們拉着對子紙。他們都有一本對子本，裏面分門別類，載有各樣現成聯語。他們照抄下來，分類存放。買春聯的人只須説出要一副灶王對、一副大門對等等，他們便一一拿將出來，説好價錢，完成交易。因此，那時候的胡同裏，往往鄰近的好幾家門外都貼着「天增歲月人增壽，春滿乾坤福滿門」。至於灶王龕上，更是一致地貼着「上天言好事，下界保平安」。自從北京解放，大家貼的春聯，多數是新編的，不事抄襲。這也是個進步。附帶説説，證明不要厚古薄今。

可喜的寂寞

◖ 導讀

    本文原載於 1963 年 1 月 1 日《北京晚報》副刊「五色土」，現收入《老舍全集》第 15 卷。「可喜的寂寞」這個題目「有點自相矛盾」，老舍先生在文中解釋了「可喜」與「寂寞」這兩種感受是如何在自己身上「統一起來」的，從而讚揚了青年一代「熱愛科學的新精神」，表達了自己活到老學到老、為國家做貢獻的崇高心願。

    作者的「可喜」有兩層含義：第一層是星期日兒女們回家、全家歡聚一堂的「熱鬧」；第二層是兒女們認識到「建設偉大的祖國，自力更生，必須闖過科學技術關口」，因而他們「決心去做闖關的人」，「這是多麼可喜的事啊！」作者的「寂寞」則是孩子們熱烈討論科學問題時，「我插不上嘴；默坐旁聽，又聽不懂！」但是作者深知「想建設一個有現代工業、農業與文化的國家，非有現代科學技術不可」，所以「我不能因為自己喜愛文藝而阻攔兒女們去學科學」。而且，作者希望自己「也懂點科學」，寫一些「新穎」的、「富有教育性」的「科學小品，或以發明創造為內容的小說」，以自己擅長的方式參與到科學活動中去。這樣一來，作者的「寂寞」就不但「可喜」，而且「可賀」了。

既可喜，卻又寂寞，有點自相矛盾。別着急，略加解釋，便會統一起來。

近來呀，每到星期日，我就又高興，又有點寂寞。高興的是：兒女們都從學校、機關回家來看看，還帶着他們的男女朋友，真是熱鬧。聽吧，各屋裏的笑聲，辯論聲，都連續不斷，聲震屋瓦，連我們的大貓都找不到安睡懶覺的地方，只好跑到房上去呆坐。雖然這麼熱鬧，我卻很寂寞。他們所討論的，我插不上嘴；默坐旁聽，又聽不懂！

我的文藝知識不很豐富，可是幾十年來總以寫作為業，按説對兒女們應該有些影響。事實並不如此。他們都不學文藝，雖然他們也愛看小説、話劇、電影甚麼的。他們，連他們帶來的男女朋友，都學科學。我家最小的那個梳兩條小辮的娃娃，剛考入大學，又是學物理！這羣小科學家們湊到一處，連説笑似乎都帶點甚麼科學味道，我聽不懂。

他們也並不光説笑、爭辯。有時候，他們安靜下來：哥哥幫助妹妹算數學上的難題，或幾個人都默默地思索着一個甚麼科學上的道理。在這種時候，我看得出來，他們的深思苦慮和詩人的嘔盡心血並沒有甚麼不同。我可也看到，當詩人實在找不到最好的字的時候，他也只好暫且將就用個次好的字，而小科學家們可不能這麼辦，他們必須找到那個最正確的答案，差一點點也不行。當他們得到了答案的時候，他們便高興得又跳又唱，覺得已拿到打開宇宙祕密的一把小鑰匙。

我看到了一種新的精神。是，從他們決定投考哪個學校，要選修哪門科學的時候起，我就不斷地聽到「尖端」、

「發明」和「革新」等等悦耳的字眼兒。因此，我沒有參加意見，更不肯阻攔他們。他們是那麼熱烈地討論着，那麼努力預備考試，我還有甚麼可說的呢！我看出來，是那個新精神支配着他們，鼓舞着他們，我無權阻攔他們。

他們的選擇不是為名為利，而是要下決心去埋頭苦幹。是，從他們怎麼預備功課和怎麼制訂工作計劃，我就看出：他們所選擇的道路並不是容易走的。他們有勇氣與決心去翻山越嶺，攀登高峯。他們的選擇不僅出於個人的嗜愛，而也是政治熱情的表現 —— 現在是原子時代，而我們的科學技術還有些落後，必須急起直追。想建設一個有現代工業、農業與文化的國家，非有現代科學技術不可！我不能因為自己喜愛文藝而阻攔兒女們去學科學。建設偉大的祖國，自力更生，必須闖過科學技術關口。兒女們，在黨的教育培養下，不但看明此理，而且決心去做闖關的人。這是多麼可喜的事啊！是呀，且不說別的，只說改良一個麥種，或製造一種尼龍襪子，就需要多少科學研究與試驗啊！科學不發達，現代化就無從說起。

我們的老農有很多寶貴的農業知識與經驗，但專憑這些知識與經驗而無現代的科學技術，便難以應付農業現代化的要求。我們的手工業有悠久的傳統和許多世代相傳的竅門，但也須進一步提高到科學理論上去，才能發展、提高。重工業和新興的工業更用不着說，沒有現代的科學技術，寸步難行。小科學家們，你們的責任有多麼重大呀！

於是，我的星期日的寂寞便是可喜的了。我不能摹仿大貓，聽不懂就跑上房去。我默默地聽着小將們的談論，而且

想到：我若是也懂點科學，夠多麼好！寫些科學小品，或以發明創造為內容的小說，夠多麼新穎，多麼富有教育性啊。若是能把青年一代這種熱愛科學的新精神寫出來，不就更好嗎？是呀，我們大概還缺乏這樣的作品。我希望這樣的作品不久就會出現。這應當是文藝創作的一個新的重要題材。

述 志

導讀

　　本文是老舍先生在抗戰期間表述其「拿緊了我的筆」、「為全民族復仇」的偉大志向的抒懷文章，原載於 1942 年 12 月 15 日《宇宙風》第 129 期，現收入《老舍全集》第 14 卷。

　　全文只有兩段，第一段主要記述日本侵略者「劫奪了我所有的書籍字畫與文稿」的過程，申明「敵人的炮彈 …… 久已擊中我的心靈」，發出「我要報仇！」的怒吼。第二段表達自己以筆為槍、宣傳抗戰的志願和「在餓死之前，我總要不停地寫作」的決心。作者批駁了有些人所謂文藝不應「過於切近實用」的主張，用「我只知道 …… 我還知道 …… 我不能 …… 我不能 ……」這組激動人心的排比句，表明宣傳抗戰不但不會「毀壞了文藝」，而且是「有心腸」的文化人面對現實的必然選擇，如果國難當頭依然「從容不迫」地吟山詠水，那麼「我就不算人了，更何有於文藝？」，所寫的作品也不過是「冰冷的小四方塊」而已。

　　全文一氣呵成，理直氣壯，慷慨激昂，具有強烈的感染力和說服力。

自從一九三〇年春天由國外回到北平，我就想作個職業的寫家。這個願望，可是直到抗戰的前一年才達到。《駱駝祥子》就是我作職業的寫家後的作品。轉過年來，就是「七七」抗戰那一年，我同時寫兩部長篇小說，以期每月有一點固定的收入。這兩篇，都寫了有四五萬字，可是正在往外寄稿的時節，盧溝橋的炮聲便打碎了一切。這兩部有頭無尾的稿子，已隨着我的全部書籍字畫被敵人盜去了。「一二八」上海的大火，燒掉了我的《大明湖》——十萬字以上的小說。「七七」後，敵人又劫奪了我所有的書籍字畫與文稿。敵人的炮彈雖然到今天還沒打傷了我的身體，可是久已擊中我的心靈！我沒有到過日本，也不識日本文字，所以我不知道日本有甚麼樣的文化，或有無文化。可是我的確知道，日本人會來到我的家裏，搶走或燒掉我的心愛的圖書與我自己用心血滴成的文章。我要報仇！

　　我既不會打槍，也不會帶領人馬。想報仇，只有拿緊了我的筆。從「七七」抗戰後，我差不多沒有寫過甚麼與抗戰無關的文字。我想報個人的仇，同時也想為全民族復仇，所以不管我寫得好不好，我總期望我的文字在抗戰宣傳上有一點作用。有的人以為，文藝要過於切近實用，偏重於某一點，則必損失了文藝的從容不迫，或竟至不成為文藝。這，我不願回答甚麼，我只知道岳夫子^①的《滿江紅》，文天祥的

---

① 岳夫子，即岳飛。

《正氣歌》，陸放翁②的激昂的詩句，並沒毀壞了文藝，而反倒有些千古不滅的正氣，使有心人都受感動。我還知道，即使敵人與我個人無仇無怨，可是他搶的是中華的地土，殺的是我的同胞；假若這樣的仇恨，還不足激動我的心，我就不算人了，更何有於文藝？我不能再照着王石谷的山水去讚美林壑之美，因為我看到聽到我們的山河是被血染紅，被火燒焦！我不能再誇讚我窗外的翠竹，因為隔壁已落了炸彈，鄰兒的血肉都飛濺到我的窗前！假若我硬閉上眼塞上耳，不見不聞，而依然寫「悠然見南山」那樣的詩句，我覺得自己既不能再算個有心腸的人，而且我的文字也必都是冰冷的小四方塊，即使文藝之神喜歡我這個調調兒，我也寧願得罪了神仙，而不能不顧及面前的活生生的人。因此，抗戰五年來，我不肯去教書，不肯去另謀高就，並不是因為我的寫作生活能夠使我飽食暖衣，而是因為我要咬住牙，拿住我的筆不放鬆。這支筆能替我說話，而且能使別人聽見，好，它便是我的生命。從一九三〇年我就想作個職業的寫家，經過抗戰，我想連「職業的」三個字也取消，而乾脆說我要永遠作個「寫家」，因為「職業的」一詞含有掙錢吃飯之意，而我今天是身無長物，連妻小已都快餓死了。多咱我自己也餓死，我就不能不放下筆；但是在餓死之前，我總要不停地寫作，因為我要作個「寫家」。

---

② 陸放翁，即陸游，陸游字放翁。

春來憶廣州

本文發表於 1963 年春節當天（1 月 25 日）的《羊城晚報》副刊「花地」（後收入《老舍全集》第 15 卷），從養花、賞花的角度讚美了廣州「四季有花」的「美麗」與「詩意」，也表達了對廣州朋友的新春祝福。

文章寫於北京，通過北京與廣州四季花事的全面對比，凸顯出北京養花「頗為不易」，而廣州的盛況「真沒法兒比」。開篇一句「我愛花」，限定了全文的特殊視角。然後從眼前（北京）、眼下（冬季）寫起，表現「屋中養花」之難。由「屋中那些半病的花草」聯想到「美麗的廣州」，這才轉入正題，「憶」起「去年春節後」廣州「百花齊放」的「熱情」景象，特別是自己住處門前的一株象牙紅。又由這株「高與樓齊」的象牙紅寫到北京家裏那株「高不及三尺」、落差極大的象牙紅。接着敍述自己在北京春、夏、秋三季養花的困難。最後再轉回廣州，描繪其四季花開、充滿詩意的環境，表達出對廣州朋友的「羨慕」與祝福。

文章題為「憶廣州」，卻有一半以上的篇幅在寫北京，然而在整體上又不給人「跑題」之感，這全靠作者謀篇佈局、輾轉騰挪的文學功力——在婉轉的思路和鮮明的對比中，借助北京養花的多有不便，有力地反襯出了廣州「花城」的令人嚮往。

　　我愛花。因氣候、水土等等關係，在北京養花，頗為不易。冬天冷，院裏無法擺花，只好都搬到屋裏來。每到冬季，我的屋裏總是花比人多。形勢逼人！屋中養花，有如籠中養鳥，即使用心調護，也養不出個樣子來。除非特建花室，實在無法解決問題。我的小院裏，又無隙地可建花室！

　　一看到屋中那些半病的花草，我就立刻想起美麗的廣州來。去年春節後，我不是到廣州住了一個月嗎？哎呀，真是了不起的好地方！人極熱情，花似乎也熱情！大街小巷，院裏牆頭，百花齊放，歡迎客人，真是「交友看花在廣州」啊！

　　在廣州，對着我的屋門便是一株象牙紅，高與樓齊，盛開着一叢叢紅豔奪目的花兒，而且經常有些很小的小鳥，鑽進那朱紅的小「象牙」裏，如蜂採蜜。真美！只要一有空兒，我便坐在階前，看那些花與小鳥。在家裏，我也有一棵象牙紅，可是高不及三尺，而且是種在盆子裏。它入秋即放假休息，入冬便睡大覺，且久久不醒，直到端陽左右，它才開幾朵先天不足的小花，絕對沒有那種秀氣的小鳥作伴！現在，它正在屋角打盹，也許跟我一樣，正想念它的故鄉廣東吧？

　　春天到來，我的花草還是不易安排：早些移出去吧，怕風霜侵犯；不搬出去吧，又都發出細條嫩葉，很不健康。這種細條子不會長出花來。看着真令人焦心！

　　好容易盼到夏天，花盆都運至院中，可還不完全順利。院小，不透風，許多花兒便生了病。特別由南方來的那些，

如白玉蘭、梔子、茉莉、小金桔、茶花……也不怎麼就葉落枝枯，悄悄死去。因此，我打定主意，在買來這些比較嬌貴的花兒之時，就認為它們不能長壽，盡到我的心，而又不作幻想，以免枯死的時候落淚傷神。同時，也多種些叫它死也不肯死的花草，如夾竹桃之類，以期老有些花兒看。

夏天，北京的陽光過曝，而且不下雨則已，一下就是傾盆倒海而來，勢不可擋，也不利於花草的生長。

秋天較好。可是忽然一陣冷風，無法預防，嬌嫩些的花兒就受了重傷。於是，全家動員，七手八腳，往屋裏搬呀！各屋裏都擠滿了花盆，人們出來進去都須留神，以免絆倒！

真羨慕廣州的朋友們，院裏院外，四季有花，而且是多麼出色的花呀！白玉蘭高達數丈，幹子比我的腰還粗！英雄氣概的木棉，昂首天外，開滿大紅花，何等氣勢！就連普通的花兒，四季海棠與繡球甚麼的，也特別壯實，葉茂花繁，花小而氣魄不小！看，在冬天，窗外還有結實纍纍的木瓜呀！真沒法兒比！一想起花木，也就更想念朋友們！朋友們，快作幾首詩來吧，你們的環境是充滿了詩意的呀！

春節到了，朋友們，祝你們花好月圓人長壽，新春愉快，工作勝利！

過 年

導讀

　　《過年》是老舍先生在新年之際以「一個中年人」的身份對於「時不我待」的感慨與警示，表現出作者對自己高標準、嚴要求的積極進取的人生觀。本文原載於 1944 年 1 月 5 日重慶《時事新報》，現收入《老舍全集》第 14 卷。

　　全文警句連篇，令人「觸目驚心」，例如：「時間最狠毒，它不寬讓給任何人一秒鐘，過去的一秒永遠難贖回。人，於是就因喪失了時間而喪失了生命！」「『等候』等於自殺，我們等着機會、靈感、事情，而時間不等着我們！多等一會兒，我們便死了一會兒。勇敢的人不等待，而要跑到時間的前面去。」「讓我們都把自己釘在時間的十字架上吧！我們都必須死，但願我們的死是未曾放棄了一分鐘的犧牲，而不是任着時間由一個空白中把我們推送到另一個空白中去！」所謂「把自己釘在時間的十字架上」，是用《聖經》中的典故勉勵我們把所有的時間都用在追求事業中去。

　　老舍先生的這些話語警醒和激勵我們：要抓緊時間，努力學習，勤奮工作，有所建樹，以免無情的時間給予我們「最屬害的懲責」——「教我們白白地死去！」

　　時間最狠毒，它不寬讓給任何人一秒鐘，過去的一秒永遠難贖回。人，於是就因喪失了時間而喪失了生命！假若有一日，時間能下一道赦令，説：「可憐的人們，我將放你們幾天假！在這幾天內，時鐘的報告，與日月的升沉，都不算數！你們可以自由地，任意地歡鬧或酣睡，我把這幾天不算在帳上！」這有多麼好呢！在這幾天內，我們花用了時間，而時間並不給我們記帳！這幾天永不會成為過去，我們不必再提心吊膽地活着，眼睛不必再老溜着時鐘與日影！

　　可是，時間永遠不會下那樣的命令！昨天的朝陽永遠屬於昨天！昨天積得夠多數，我們便沒有了明天！當醫生握着表給我診脈的時候，我總以為他是默數我的死期！

　　特別是在新年的時候，雖然吉利話兒在耳邊嗡嗡，而實際上我們又丟了一歲；在丟失的一歲裏，我們曾經做過甚麼足以使記憶甜美的事呢？新年，這麼一來，雖然也許就使我們把狂歡變作沉思，可是沉思並不是很壞的事。時間向我們算帳，我們也須向自己算帳！只有自己和自己算帳，才算真會打算盤。我們沒法向時間求情，它是鐵面無私，對誰也不讓一尺一寸的；我們須向時間爭鬥，教時間不偷偷地溜過去；我們無法教一分鐘變成兩分鐘，但是我們的確能夠把一分鐘當作一分鐘用；多作一分鐘的事，我們便真的多活了一分鐘；這是如意算盤！最大的後悔是讓昨天白白地過去：我們又丟了二十四小時，而那二十四小時是一塊空白！假若我們有許多塊這樣的空白，我們便沒有了歷史。歷史不只是時間表，而也是生命活動的紀錄。

　　「等候」等於自殺，我們等着機會、靈感、事情，而時

間不等着我們！多等一會兒，我們便死了一會兒。勇敢的人不等待，而要跑到時間的前面去。我們等着太平日子自天而降，我們便只能得到失望。

以一個中年人來說這些話，我相信沒有人懷疑我是有意嚇唬人。中年的下一步是老年；我不知道自己還能再活多少年月，但我的確知道自己已經丟失了多少時間；我不能說自己的過去是塊空白，因為我寫上過一些書；可是我也絕對不能否認，我曾在無益處的小事上白白地擲去了光陰，教我沒有能夠寫出更多的東西來。我後悔？一定！但是，後悔是一種可憐相的自慰自諒，假若沒有更積極的決定陪伴着，我想：我須至少不因過去的努力而自滿，把自己埋葬在回憶裏；我須把今天看作今天，而不是昨日的附屬品，今天的勞動是我的光榮；口頭掛着自己昨日的成績是恥辱。況且，昨日的成績未必好，自滿便是自棄。只有今天的努力，才足以增加光榮，假若昨天的成績已經不壞；只有今天的努力，才足以洗刷昨天的恥辱，假若昨日的成績欠佳。

讓我們都把自己釘在時間的十字架上吧！我們都必須死，但願我們的死是未曾放棄了一分鐘的犧牲，而不是任着時間由一個空白中把我們推送到另一個空白中去！

新年又來了！我可是真不願說那些騙人的吉利話兒！反之，我倒願意咱們都沉思一會兒，想想在過去的一年中都做了些甚麼，和做得好不好？假若我們能在過年的時候責備自己一頓，或者倒比理直氣壯地接受吉利話兒要更有益處罷！我們若不肯責備自己，時間卻會給我們最厲害的懲責，它會教我們白白地死去！我們看不起時間，時間就會更看不起我們！

我有一個志願

◖ 導讀

　　本文是老舍先生 1944 年為中華全國戲劇界抗敵協會組織的
全國戲劇節（2 月 15 日）而寫的「述志」文章，發表於當日重慶
《新民報晚刊》「戲劇節特輯」，現收入《老舍全集》第 14 卷。

　　作者表明自己的「志願」是「希望能寫出一本好的劇本
來」，並通過分析「達到這個志願」的難度，指出「這個志願真
的不算小」。文章進一步論述了文藝的重要性 —— 它是人們賴以
生活的「記憶」，特別是戲劇的重要性 —— 它是「文化的發言
人」，它吸取了「藝術全部的養分」，「能綜合藝術各部門而求其
總效果」，因而在文化建設中不可或缺。作者多次強調自己「沒有
甚麼遠大志願」，而以「寫個好劇本」為「一個大志願」，這既表
達了他對戲劇的重視與熱愛，也表現了他謙虛謹慎的優良品質。

　　本文可與《神的遊戲》參照閱讀，從中了解老舍先生對戲劇
的基本看法。

我是個沒有甚麼大志願的人。我向來沒說過自己有如何了不起的學問與天才，也沒覺得誰的職業比我自己的高貴或低賤。我只希望吃得飽，穿得暖，而盡心盡力地寫些文章。

　　在寫文章中我可是有個志願 —— 希望能寫出一本好的劇本來。雖然我是沒有甚麼遠大志願的人，這個志願 ——寫個好劇本 —— 可的確不算很小。要達到這個志願，我須第一，去讀很多很多的書 —— 頂好是能上外國去讀幾年書。第二，我須有戲必看，去「養」我的眼睛。第三，我想我應當到甚麼劇團中作二年職員，天天和導演、演員，與其他的專門的技術人員有親密的接觸。第四，或者我還應當學學演戲，常扮個甚麼不重要的角色。把上述四項都做到，我還不知道我是否有寫劇的天才。假若沒有，我的工夫雖然下到了，可還是難以如願。這個志願真的不算小！

　　恐怕有人以為我不很實誠吧 —— 寫個劇本也值得發這麼大的願？好，讓咱們往遠裏說說吧。

　　第一，即使在沒有用文字寫出來的小說的民族中，他們也必定有口傳的詩歌與故事，人，從一個意義來說，是活在記憶中的。他記得過去，才關切將來。否則他們活在虛無飄渺中，不知自己從何而來，和要往哪裏去。因此，文藝 —— 不管是寫出來的還是口傳的 —— 老不會死亡。文藝出喪的日子，也就是文化死亡的時候。

　　你看，文藝有多麼重要！

　　第二，等到文化較高了，人們 —— 受宗教的或社會行動的帶動 —— 才發明了戲劇。戲劇比詩歌與故事年輕，而在服裝上，動作上，談吐上，都比它的哥哥們更漂亮、活

潑、文雅得多。戲劇把當時的文化整個地活現在人的眼前。文化有多麼高，多麼大，它也就有多麼高，多麼大。有了戲劇的民族，不會再返歸野蠻，它需要好的故事，好的思想，好的言語，好的音樂、服裝、跳舞，與好的舞台。它還需要受過特別訓練的演員與有教養的觀眾。它不但要包括藝術，也要包括文化！戲劇，從一個意義來說，是文化的發言人。假如你還不大看起戲劇，就請想想看吧，有沒有第二個東西足以代替它？準保沒有！再看看，哪一個野蠻民族「有」真正的戲劇？和哪個文化高的民族，「沒有」戲劇？

你看，戲劇有多麼重要！

戲劇既是這麼大的東西，我怎能不為要寫個劇本而下個很大的志願呢？它的根子雖然生長在文藝的園地裏，它所吸取的卻是藝術全部的養分啊！

好吧，雖然我是個沒有甚麼遠志的人，我卻要在今天 —— 戲劇節 —— 定下這麼一個大志願。這並不是要湊湊熱鬧，而是想在文化的建設中寫寫少不得的戲劇呀！文化滋養藝術，藝術又翻回頭來領導文化，建設文化。在藝術中，能綜合藝術各部門而求其總效果的，只有戲劇。

抗戰與文化建設須攜手而行。那麼，我要立志寫個好劇本，大概並不能算作無聊。至於我能否如願以償，那就看我的努力如何了。願與戲劇同仁共勉之。

儲蓄思想

導讀

　　本文是老舍先生關於「怎樣寫作」的經驗之談，發表於 1945 年 1 月 20 日《文藝先鋒》第 6 卷第 1 期，後收入《老舍全集》第 17 卷。作者謙虛地自稱為不斷學習的「文藝學徒」，並且鼓勵讀者：「假若你肯用心學習，我想你不久就能趕過我去。」那麼，應該怎樣學習呢？

　　作者的經驗是：「要學習文藝，切勿專在文藝作品上打轉兒。你要先有一些思想。」因為「文藝的最大的使命是發揚真理」，所以得「先由思想入手」，「儲蓄思想」，然後「用思想作你的眼睛，去看，去分析，去判斷，而後你才能找到你以為值得說的話」，「用你的思想去分析世態，而後你才會從浮動的人生中找到了脈絡，才會找到病源」。在作者看來，「思想是花朵，感情是色與香」，如果只有感情而沒有思想，只關心自己、耍弄文字發牢騷而不「關切當代人類的苦難與幸福」，那這樣的「風流才子」只是「摩登世界人類的渣滓」，而不可能成為「偉大的文藝家」。

　　本文談的是「製作文藝」的根本問題，即要高度重視「文字的根源 —— 思想」，這是老舍先生豐富創作經驗的凝練總結，值得每一個學習寫作的人信受奉行。

　　我真不願把文藝說成甚麼神祕的東西，可是趕到人家問我怎樣寫作，我又往往不能痛痛快快地，像二加二等於四那樣的，給人家幾句簡單而有用的話。這使我非常的苦痛。你看，我的確是寫過了不少東西，可是我沒有膽量聲明我的成績有甚麼了不起之處。我只能說我是在不斷地學習。那麼，你向一個文藝學徒問長問短，也就難怪我說不出所以然來了。

　　對，我只好告訴你，你須先學習吧。假若你肯用心學習，我想你不久就能趕過我去。文藝並不是幾個天才者的專利品，誰肯學習誰就能生產一些「文貨」。

　　怎樣學習呢？這，又是個不好回答的問題。戲法人人會變，各有巧妙不同。有許多不同的路子都可以走到「文藝之家」的門前。現在，我只能就個人的經歷作個簡單的報告，供作參考而已。

　　要學習文藝，切勿專在文藝作品上打轉兒。你要先有一些思想。真的，文藝作品不專仗着思想支持着，正像一個美人不能專仗臉子好而可以不要骨頭不要肉那樣。可是，文藝的最大的使命是發揚真理，怎可不先由思想入手呢？想想看，一個沒有思想的人，也就不辨是非，不關心人類的生活合理不合理，那麼，他怎能有正義感，怎能選擇甚麼值得說，甚麼是廢話呢？因此，你要儲蓄思想。用思想作你的眼睛，去看，去分析，去判斷，而後你才能找到你以為值得說的話。假若你以為某幾句話值得說，非說不可，你必會把你的感情激動起來，設法用最足以動人的形式把它說出來。思想是花朵，感情是色與香。自然，一個富於感情的人，未必

有高深的思想；一個有思想的人，又未必有深厚的感情。可是，預備做一個文藝家，你就非由思想上發泄你的感情不可，因為你若糊裏糊塗，專憑感情的奔放去寫作，你所給人家的也許只是一些傷感或成見；你可以成為一個風流才子，專用感情寫出「紅是相思綠是愁」，和「不住溫柔住何鄉」那樣的聰明的句子，可是與人生大道理有甚麼關係呢？你是當代的人，你應當先關切當代人類的苦難與幸福。只有感情而沒有思想，你便只會關心你自己，把你的一點小小的折磨與苦痛説到天那麼大，而與旁人無關。風流才子，你要知道，是摩登世界人類的渣滓呀！

不過，你可也要記住，儲蓄思想便是儲蓄炸藥，它也會炸死你自己，為安全計，你頂好躲它遠些。思想與苦痛永遠緊緊相隨，因為一般的人不喜歡用他們的腦子，所以看別人一用腦子便嚇一跳，而想把那個怪物用磚頭打殺。你要準備吃磚頭。

是的，文藝不專仗思想支持着，可是你若專從文字或感情上入手，你便很自然的只會製造些小玩意兒，花呀兒呀的哭哭啼啼，而不敢正眼看社會與世界；儘管文字與感情也是文藝中的重要構成分子。

再説，儲蓄了思想，雖不能成功一個文藝者，你還不失為一個有頭腦的人。若只要弄要弄文字，發泄發泄小小的牢騷，則不但不能成為偉大的文藝家，或者還把你自己毀掉 —— 風流才子不往往是廢物麼？

有了思想，你該再注意世態。思想是抽象的，空洞的；世態是具體的，實在的。用你的思想去分析世態，而後你才

會從浮動的人生中找到了脈絡，才會找到病源。這樣，你才能明白思想並不是死東西，而是在人們的心理與動態中隱藏着的。你須在若隱若現之中把它找出來，正像醫生由病人的臉上發燒而窺見了肺部的隱病。你須描寫世態，而描寫世態，正可以傳播思想。所謂具體的描寫並非是照相，而是以態寄意。

有了思想，你才會知道文字不僅是字與字的聯綴，而是邏輯的推斷。糊塗的句子是糊塗人的聲音。你一點也不要忽略了文字的重要，但是你更不應忽略了文字的根源 —— 思想。你一點也不要忽略了感情的重要，但是你須先辨明哪是值得說的，哪是不值得說的，若給不值得一說的加上華美的外飾與感情，你便是騙人，便是變戲法，而不是製作文藝。

關於思想的重要已說了不少，就此打住，等有工夫再說別的吧。

怎樣寫文章

◖ **導讀**

　　這是老舍先生的一篇演講稿，由胡絜記錄整理，發表於 1945
年 4 月 20 日《書報精華》第 4 期，後收入《老舍全集》第 17
卷。全文按照一般構思、寫作的邏輯順序，介紹了自己寫文章
的具體方法。概括説來就一句話：「全想過了再寫，不要提筆就
揮」。問題是想甚麼，怎麼想。

　　作者分步驟講解，舉例子演示，猶如手把手的指導：要想
「這篇文章大致要説些甚麼」，而且要「截開成一段一段的來想」；
要想「從哪個角落下筆」，「用哪種寫法漂亮，哪種寫法經濟」；
要想「重點在哪兒」，應該「用甚麼樣的文字」，「用怎麼樣的情
感，生出怎麼樣的效果來」；要想每一段的「思路」、每一個句子
的「組織」、「句與句之間的變化」、「用字的恰當和體貼」等等。
作者給我們示範的這些方法都是具體可行、行之有效的，雖然
「不是一定的不變法則」，但我們應該積極效法，勤於練筆，把文
章寫好。

　　本文可與《儲蓄思想》和《別忙》參照閲讀，以加深理解。

寫文章並沒有甚麼特別的方法，僅就我個人的經驗作點報告，這不是一定的不變法則，只是提供一些參考而已。

不論是寫一百個字，兩千個字，或是五十萬字的一篇文章，都是一個樣子，全想過了再寫。在我們小的時候寫文章，老師在黑板上出個題目，不管是愛國論也好，是清明時節也好，總先寫上「人生於世」四個字，再往下連。這樣當然寫不好文章。又大家都說用白話好寫文章，只要將說的話寫下來就行了，其實不然，說話到底不是寫文章。譬如兩個人坐冷酒館，他們從酒味談到日常生活，談到女人，又談到世界大局，甚至於談到平價米，買豬肉，愛談甚麼就談甚麼，是可以隨便的。寫文章可就不能這樣了，設若將坐冷酒館的談話，一字不漏地記載下來，送往報章發表，人家看了，一定會罵你胡說，有神經病。所以，寫文章是應該先想過了再寫，就不會被罵為神經病，也不會每篇都用「人生於世」了。現下有些青年，只想到了一點，甚至連想都不想，提筆就寫，大有所謂才子，不假思索，簡直是在糟蹋紙張。

當想的時候，我們得想到這篇文章大致要說些甚麼？第一段說甚麼？第二段說甚麼？第三段說甚麼？第四段說甚麼？把它截開成一段一段的來想。我們常聽說寫文章是有靈感作用的，這話確也不錯，只是靈感一湧，文章都來了，完全是胡說。靈感只是很少的一點東西，決不夠寫一篇文章用。一篇文章的寫成，是靠我們的工夫，我們自身的文章修養，而我們得到了靈感，不想全就下筆，結果只能寫得很少的一點。即使，至多高高興興地寫一萬字就沒有了，你必得先想完全，一段一段地想過了該說些甚麼，然後下筆，就保

了險了。為甚麼？因為你已經看到了最後一段，不致中途而廢的！要不然，永遠只是「人生於世」。

過去的老八股，都是千篇一律，沒有異樣，提倡作八股，正是養成那時候的一般人麻木性，奴隸性，好使服從皇帝。現在我們寫文章，要每篇每篇的不同。假如分好了段，看打哪邊寫起，是人生於世呢？人生不於世，還是先從狗説起？決定用哪種寫法漂亮，哪種寫法經濟。寫法經濟是寫文章很主要的一點。只有要每篇文章不一樣，將來才越寫越高興，花樣越多。有些人往往拿起筆就發愁，正因為他根本不去想，若大致想了從哪個角落下筆，再一直寫，如此，寫文章倒是很快活的事情。

寫文章必得抓牢每篇的重點，沒有重點，就不能成其文章。有些青年，老是囉嗦一大篇，結果不知道他寫些甚麼。你問問他自己都不明白重點在哪兒，不論是甚麼樣的文章，必定有一個重點，假若本篇以人為中心，則人物的性格，舉止容貌，我們必須描寫得靈活生動，假如本篇以事為中心，我們就得老老實實，必須將這件事寫得清清楚楚。知道了重點，就懂得用哪一種文字或支配文字。比方寫限價一類的文章，你用上些「祖國在呼喚」，「怒吼」的字樣，寫賑災，你也用上了些「祖國在呼喚」和「怒吼」的字樣，那根本不是文章，文章應是一篇一樣，要刺激讀者的眼淚，使讀者讀到必哭。要使讀者高興，讀者讀到必樂。如何決定了內容，如何用甚麼樣的文字。並不是寫上祖國在呼喚，寫上怒吼就成了文章。假如能這樣寫，你的筆才會是活的，不是刻板的。所以先得想過，然後決定從甚麼地方寫，怎樣寫得經

濟，漂亮，寫人類是寫事，使人笑，還是要使人哭，總之，你必得用你的思想來支配文字。我們讀莎士比亞寫的悲劇，是悲劇的情調，喜劇，是喜劇的情調。而如今的青年，只背得「祖國」，「怒吼」這一類字眼，被這一類字壓得不能動，不管甚麼地方，都填滿了這些字眼，可說不是寫文章，而是替文字做奴隸。我們是文字的主人，我們要如何寫，文字就得寫成如何，必得使文字受我的支配！因此每一篇才有每一篇的特色，如果沒有特色，無論如何寫不成文章的。

　　文字能用好了，很有趣，你讓它做甚麼，它就替你做甚麼。我們讀到杜甫、李白、陸放翁們的詩，讀到《兵車行》一類的文字，使你覺得很緊張，很振奮。讀到垂釣一類的文字，使你很輕鬆，很安閒。不但字面不同，顏色不同，連聲調也不同。雄壯的，字朗音強而較快；悲哀的，字淡音長而較緩，多唸唸就可明白這一點。再拿平劇來說，焦急時總是唱快板多，皇帝出場差不多老是唱慢板，從沒有人發怒，還慢吞吞地子曰，詩云。因之，我們可知道文字是有音樂性的。把握了重點，決定了情調，全由你自己調動文字，使高使低，使快使慢，我們時常又聽到說「風格」兩字，大致就是這個樣子的。我怎麼看，我怎麼說，老是有個我，將我的情感放在文字裏面，對文字適當地運用和支配，就是有了風格。簡單地說，就是如何讓每篇文字有每篇的味道，我們讓它酸，讀者就感到它酸，我們讓它甜，讀者就感到它甜。不酸，不甜，不苦的文章，就是沒有味道，和豆腐一樣。豆腐是沒有風格的，至少我們也得想法，使豆腐做成酸辣湯呀！大致分好了段，決定了說法，又看刺激是些甚麼，用怎麼樣

的情感，生出怎麼樣的效果來，再才提筆談到寫。

首先，你得認識這頭段的思路，由幾十句子中，即可發展的傾向。句，是段的單位，是完整的東西，好些青年一段寫上六七十句，從頭句直到一段末了，才畫上一個圈，這無法成文章。斷不成句的文章，是沒有辦法閱讀的，就永不會知道說些甚麼。切記斷句，寫一句像一句。

把一段想過了說些甚麼，再看頭句應當說甚麼，第二句以下應當說甚麼。我寫文章，總是想好了四五句才落筆，向來沒有一句一句地想着寫，因為把句子想得起，下筆就很省事。這四五句都是在腦子裏想過，在嘴裏唸過，這樣地落筆，就會很有把握了。

句子的組織，非常重要，你得把你的感情放在文章裏面去刺激感情。決定這情調是悲哀，你的句子的組織，得多用灰色的、悲哀的字眼。是快活，你得多用輕鬆的、活潑的字眼。你把你想的句子寫出聲來，落筆就能成為像你所想像的句子。有時看看不錯，可是寫出聲就不成了，那你必得修改，聲音在嘴裏經過時，已經都將句子調動好了。

將句子組織想好，便成立得住，方可能合乎口語。必要時，我們也可用用歐化文法，因為中國的文法較簡單，假如能不用歐化文法，而能用自己的文法，那豈不更好嗎！若寫前先寫出聲，寫出來總會合乎口語的，能用好的口語代替歐化文法，會更好聽。

第一步求得句的完整，其次就是調動句與句之間的變化，那即是說句之長短，非唸出聲不曉得，這與生理有些配備關係。比方第一句三十字，第二句三十字，第三句還是

三十字，這樣，讀時就無法喘過氣來。如果第一句十個字，第二句四個字，像這樣有長句，有短句，讀時就可以喘過氣來，也會感到舒服。調動句子並沒有甚麼一定法則，只要能用心。譬如上句用「嗎」字，是平聲，下句就用「了」字，是仄聲。不要老了了了地到底，除非是特殊效果 ——「錢沒有了！米沒有了！眼淚也流完了！」除非是特別的情形，兩句裏是不用同字的。像五絕七律的幾十個字中，很少用相同的字，甚至於完全沒有。寫白話，有時不好避免，可是得盡量找出同意義的字替用，拿起一篇文章一看，即能斷定用沒用心寫，就怕是一揮而就，像葉聖陶、朱自清等先生的文章，都是極清楚，極用了心的。又像魯迅先生的三四百字一篇的散文，寫起來都非常結實，因為他把每個字都想過了。

句的構成是字。在西洋有「一字」說，特別是法國的文藝，福羅貝爾[①]教莫泊桑說：「一個意思，必有一個極恰當的字，而且只有一個。」這話並不一定正確，至少得拿它當個原則，得盡力找出最恰當的字。我差不多天天都接到青年的習作，裏面常常用字用錯了。例：

原野上火光熊熊 —— 熊熊在《辭源》裏的解釋，是青色光貌，是我們在炭盆裏，常看到的一點火光，用在原野，描寫火光的烈和旺，又怎能恰當呢？

---

① 福羅貝爾，通譯福樓拜（1821－1880），法國著名作家，代表作有《包法利夫人》等，曾悉心指導過莫泊桑寫作。

征子 —— 我們只常用征夫，征人，而從沒有人用征子。

太陽耀了大地 —— 耀字不可拿作動詞用，除非用於舊詩裏。用照字不是很好嗎？

所以用字不可亂用，要用得恰當，要怎麼才能恰當呢？就是不怕麻煩，用一個字得查查辭典是否此意，再想想有沒有第二個字比這個更好。所謂恰當的字，並不是叫你造字。如同磚瓦匠，磚瓦是固定的，砌得矮矮小小的就不成為人住的房子，而成狗窩了。語言是固定的，也不能隨意改，隨意造。我們寫東西應當深，深得使人懂，並不是使人迷。陸放翁有兩句詩：「小樓一夜聽春雨，深巷明朝賣杏花。」這當中沒有一個讓我們不懂的字，而且，兩句絕對相對。沒有辦法可以去修改一個字，雖然這已經是宋朝時的文字。尤其是用的「聽」和「賣」兩字。讓我知道有兩個人，有聲音。更可看出當時的境界，是詩人的境界。越是好文章越淺，最不好也能使人懂，這就是如何去找像你所想的聲音和意義恰當的字了。更明白地說：「選用人人都懂而恰當的字，排列起來成一絕好的圖像而無法更改，就叫創造。」

不要亂用字，更不能亂造字，一個字有一個字的習慣，言語是極自然的東西，是從古來的，並不是打昨天才開始有，我們豈可隨便更改言語？這不僅是字的問題，同時還有體貼的問題，在人情中體貼到某種情況時，就用某種字，體貼越深，用字的情越熱。對人情越發明白，才寫出好的文章。這樣談又近於生活豐富的問題了。

每一個字都必得用全力想，想不到第二個字，就要用

得恰當使人懂。形容詞很難用，最好少用，用得不恰當，會將整篇文章弄得更壞。要形容，一定得在體貼中形容出來，才不至於貧乏。人說過了的，我們就不再說，可是也不能憑自己意思亂編造。有時寫一段七八十句的文字，寫到三四十句，覺得很平淡，這時用一個很好的形容字眼，可以醒目，使文章增加力量。普遍形容，是永遠不會寫好文章的。再就是要有極好的聯想，文章要能驚人，就是將兩個極端的雜物拉攏在一塊，顯明圖像。如腳踵形容禿頂，柳條形容女人的腰。如果沒有好的形容字從聯想中產生出來，最好還是淡淡地寫，少抄襲。

　　除以上將全篇大致想過，決定這篇文字的路向和把握重點，還因方法的漂亮而經濟。句與句的調動，以及用字的恰當和體貼運用形容字，更使得豐富生活，真誠，負責任，決不要欺騙自己。只有這樣，才能將文章寫好。雖然我們不能保險每個人都成為作家，至少寫出來的文章，不會被罵為胡鬧，有神經病。

　　切記！全想過了再寫，不要提筆就揮，如果今後一揮而就的文章都算成功，我敢說，中國以後就會永遠沒有文藝了！

全面地準備

◀ 導讀

　　本文是老舍先生 1959 年 10 月 5 日發表於《文學青年》第
10 期「大家談提高」專欄的一篇創作談，後收入《老舍全集》第
18 卷。文中提出學習寫作不能「只勤於語文」，而要「全面地去
準備」，即「既須勤修語文，也須勤學各門功課，並且要熱情地參
加課外活動」，因為「知識豐富才會有的可寫，參加各種活動才能
積累生活經驗」。

　　作者指出，「語文學習只是文學創作所應具備的條件之一」，
「我們也必須努力去吸收種種樣樣的知識……以便提高我們的思
想」。作者強調，「我們需要書本上的知識，也需要生活知識」，
而且前者不能代替後者。只有通過全面的學習和充分的準備，把
自己培養成「一個有思想、有學問、有生活、有好的道德品質的
人」，才有可能寫出「包含着進步的思想，深摯的感情，豐富的生
活經驗，和作者的學識與道德品質」的優秀作品。

　　這些經驗之談是老舍先生半個世紀以前說的，但對我們今天
學習寫作的人仍然具有現實的指導意義。

　　無論學習甚麼，要想成功，勤學當先。學習寫作，當然也必須勤學苦練。

　　那麼，學習寫作是不是只勤於語文，而不顧其他呢？不是的。文學創作以文字為工具，但只有好工具，而心中沒有可說的，工具雖好，也得落個言之無物，不過是加過工的廢話而已。所以，知識是極重要的。假若有個高中學生，有志於文學創作，想當作家，便只勤修語文，把別的功課都放在一旁不管，他的知識就不是比同學們更多，而是更少。他怎能成為作家呢？一個作家的知識應比別人的更豐富啊，世界上只有博學多聞的作家，沒有孤陋寡聞的作家。我們應當告訴這位同學，他既須勤修語文，也須勤學各門功課，並且要熱情地參加課外活動。知識豐富才會有的可寫，參加各種活動才能積累生活經驗。反之，他若是專攻語文，既不好好地學歷史，也不好好地學物理，他便心中空洞，無話可說。他若既不愛運動，又不管清潔衛生的工作，而一下課便鑽到圖書館裏去閱讀小說，他便只認識小說中的人物，而忘了眼前的活人，可怎麼創造自己的人物呢？要知道，名著裏的人物只能供我們參考，使我們明白些怎樣刻畫與創造人物，我們自己筆下的人物可必須由我們自己去創造，不能照貓畫虎。要創造人物必須多接觸人，要接觸人就必須多參加各種活動，跟大家一塊兒玩球，一塊兒去參加勞動鍛煉，都是不可放過的機會。讀書要緊，跟大家一塊兒生活更要緊。一個孤高自賞、橫草不動、豎草不拿的人，很難了解生活的意義與勞動的意義，也就無法描繪今天的人民與英雄人物。

語文的確應當勤學苦練。但是語文學習只是文學創作所應具備的條件之一；當然，有了這個條件才能把思想、感情，正確地表達出來。可是，假若我們根本沒有甚麼崇高的思想與感情，專憑咬言咂字地說上一大套，能不能成為很好的作品呢？誰都知道怎樣回答這個問題。顯然地，我們也必須努力去吸收種種樣樣的知識、科學知識與哲學知識等等，以便提高我們的思想。我們還須有社會主義的道德品質，熱愛勞動，捨己為人。這種品質怎麼去培養呢？那就必須這麼辦：凡是對集體有利的事，我們都要走在前面，不吝惜個人的力氣，不怕困難，不從個人主義出發去考慮問題。這樣，我們才會慢慢地了解，並且得到，無產階級的感情。有了這種感情，我們才能寫出這種感情。感情沒法子假造。我們若沒有真情實感，而把「幹勁沖天」一類的詞匯都用上，也不會成為足以令人感動的文字。

　　我們需要書本上的知識，也需要生活知識。成天躲在圖書館裏的人，也許得到些書本上的知識，而這點知識並不能代替生活經驗。我們應當先努力作個現代的人，具有現代人的思想與感情，和現代人的道德品質，而後才能作個現代作家。這種努力的結果使我們能成為作家呢，很好；若是還不能成為作家呢，也仍不失為一個建設社會主義的人。反之，我們根本沒有作個社會主義建設者的資格，而濫竽充數地作了作家，對己對人又有甚麼好處呢？

　　要作個作家必須把文字寫通順了，勤學語文是當然的。可是，千萬別忘了：只學語文並不解決問題。一部優秀的作品必然包含着進步的思想，深摯的感情，豐富的生活經驗，

和作者的學識與道德品質。要當作家，必須全面地去準備；文學的獨特風格是與上邊提到的那幾方面的修養有密切關係的。專憑耍弄文字寫不出好作品來。文字是文學創作的工具，但這個工具必須掌握在一個有思想、有學問、有生活、有好的道德品質的人的手裏。這個人才配作個作家。

責任編輯　劉萄諾
封面設計　高　林
版式設計　鄧佩儀
排　版　陳美連
印　務　劉漢舉

名 家 散 文 必 讀 系 列

老 舍

作者　老　舍
導讀　蘇明明

出版 | 中華教育
香港北角英皇道 499 號北角工業大廈 1 樓 B 室
電話：(852) 2137 2338　傳真：(852) 2713 8202
電子郵件：info@chunghwabook.com.hk
網址：http://www.chunghwabook.com.hk

發行 | 香港聯合書刊物流有限公司
香港新界荃灣德士古道 220-248 號 荃灣工業中心 16 樓
電話：(852) 2150 2100　傳真：(852) 2407 3062
電子郵件：info@suplogistics.com.hk

印刷 | 美雅印刷製本有限公司
香港觀塘榮業街 6 號海濱工業大廈 4 樓 A 室

版次 | 2023 年 4 月第 1 版第 1 次印刷
©2023 中華教育

規格 | 32 開（195mm x 140mm）

ISBN | 978-988-8809-39-4